AF397335

# LES DEMOISELLES

# CHIT-CHIT

## DU PALAIS-ROYAL

SUIVIES DE

*la Déclaration des droits des citoyennes du Palais*

*les Œufs de Pâques des demoiselles
du Palais-Royal*

*Pétition des 2100 filles du Palais-Royal*

*Requête présentée par les filles d'amour*

*Tarif des filles du Palais-Royal*

*Nouvelle liste des plus jolies femmes publiques*

Pièces révolutionnaires publiées de 1790 à 1801

SAN REMO

Chez J. GAY ET FILS, ÉDITEURS

1874

# CHIT-CHIT

*traitées selon leur mérite, leur âge, leur beauté,
leur taille, leur tournure et leur caractère.*

---

ES femmes connues sous le nom de *femmes du monde* ou de *femmes publiques* intéressant essentiellement la société, il faut leur donner dans Paris des maisons particulières, qui soient sûres, commodes, décentes, et à l'abri, autant qu'il se pourra, de la contagion de cette hideuse maladie qui infecte et dévore la plus grande partie des habitans de cette ville. Ainsi, ce nouveau régime établi, il seroit expressément défendu à toutes femmes de raccrocher et provoquer les passans, soit dans les rues, soit dans les jardins publics. On pourroit supprimer ce commerce, comme contraire aux bonnes mœurs ; mais qu'en résulteroit-il, s'il n'y avoit pas de femmes libres, s'il n'y avoit pas de femmes complaisantes pour le premier venu ? Les célibataires surtout, ces hommes privés alors de ces jouissances dont le désir et le besoin tiennent si

fort à la nature humaine, à tout ce qui respire,
iroient semant partout la séduction ; ils porte-
roient le trouble dans les ménages, créeroient
des enfans qui seroient méconnus, détestés et
malheureux, répandroient l'alarme dans les fa-
milles par le déshonneur du sexe jeune, inno-
cent, que l'inexpérience feroit tomber dans leurs
pièges ; et bientôt, la mésintelligence, la haine,
la désunion et le désespoir seroient universels.
Tel est le tableau que présente Paris, tel est celui
de presque toutes les grandes villes. Ces maux
dont les suites effrayantes et funestes sont incal-
culables, furent sentis dans tous les temps,
comme ils le sont aujourd'hui ; aussi dans presque toutes les principales villes du royaume,
comme dans celles des autres contrées de la terre,
y a-t-il des femmes publiques. Dans beaucoup
de villes de France, et dans la plupart de celles
de l'Italie, ces femmes habitent des quarties sé-
parés : mais, si au lieu de les y laisser avec la
liberté de faire publiquement leur commerce, on
leur avoit assigné des maisons particulières, où
elles auroient été visitées sans être forcées de se
montrer et de provoquer les passans par des
gestes et des propos qui choquent la pudeur, on
auroit évité par là un scandale, dont les suites
ont porté nos mœurs au degré de corruption
où on les voit aujourd'hui. Puisque tout se ré-
génère par la révolution de cet empire, il fau-
droit donner aux femmes du monde, comme on
le fait pour tous les ordres et pour tous les états,
un réglement constitutionnel. Ces femmes, qui
se vouent entièrement au public, sont dignes

d'une attention particulière, et c'est d'après les
considérations sans nombre que mérite leur profession, que l'on propose les décrets suivans :

### ARTICLE PREMIER.

Défense à toutes femmes de quelque qualité et
condition qu'elles soient, de raccrocher, arrêter
et inviter par des propos, des gestes, des attou-
chemens séduisans et souvent par des appas fac-
tices, les passans dans les rues, à les suivre chez
elles.

### ART. II.

Des maisons sont destinées à recevoir les femmes qui auront consacré leurs charmes au public. Ces maisons seront établies dans douze quartiers de Paris, dont l'étendue de la population
servira de règle, étant essentiel d'éviter que l'une
ne soit plus chargée de travail que l'autre, par
l'effet d'un alentour d'hommes trop nombreux.
Il y aura une treizième maison, dont il sera parlé
a l'article VII.

### ART. III.

Les douze maisons seront connues sous le nom
de *Temple de Vénus* ; et, pour les distinguer,
le quartier de chacune d'elles, portera le nom
de l'un des douze signes du zodiaque. Ainsi l'on
dira : le *Temple de Vénus dans le signe du Ca-
pricorne* ; le *Temple de Vénus dans le signe du*

*Taureau*, etc. Enfin, pour la facilité entière du public, il sera écrit ces mots en gros caractères au-dessus de la porte : *Temple de Vénus* ; on verra aussi, aux alentours de l'inscription, des bas-reliefs qui représenteront les divers attributs de l'amour et de la volupté.

## ART. IV.

Chaque maison ou temple, sera régi par une matrone ancienne, connue, et qui aura fait preuve d'avoir tenu pendant cinq années au moins des femmes du monde, avec toute la décence que peut permettre une telle profession. Cette femme aura le nom de prêtresse. Ce sera elle qui veillera à ce que l'ordre règne dans le temple. Elle connoîtra des délits dont les femmes pourront se rendre coupables, hors ceux de vols commis envers des étrangers, ou d'attentat à la vie ; et dans ces deux cas, elle en référera par devant un juge nommé *ad hoc*, qualifié du titre de *Grand Templier*, lequel fera les fonctions de juge de paix.

## ART. V.

Les femmes qui composeront les différens temples porteront le nom de nymphe, celui de leur famille doit être caché ; mais pour les distinguer entre elles, on ajoutera au nom de nymphe, celui de quelques divinités féminines, ou de quelques femmes rendues célèbres par leurs amours, par des malheurs ou par quelques actions d'éclat.

## Art. VI.

Les mœurs et les goûts n'étant pas parfaitément les mêmes dans toute l'étendue de Paris, il sera indispensable, pour prévenir les inconvéniens qui en pourraient résulter, de faire un choix particulier de femmes pour composer chacun de ces temples. Ainsi, dans les faubourgs Saint-Antoine et Saint-Marcel, les nymphes doivent être quelque chose de grossier et de dur pour le physique et pour le moral. Leur parure doit être simple ; et de cette manière elles plairont mieux aux habitans de ces quartiers , que d'autres , dont la délicatesse et les agrémens contrasteroient avec leurs habitudes et leurs caractères ; mais plus les autres temples s'éloigneront de ces faubourgs et s'approcheront du centre de la ville, plus les nymphes doivent être déliées, maniérées et recherchées dans leurs parures. Cependant tous ces changemens ne doivent se montrer que par nuances : en sorte qu'à partir de l'un de ces faubourgs, et visitant les temples qui se trouveront sur le chemin, on arrive à celui du centre de Paris, sans avoir remarqué une différence entre les nymphes du faubourg et celles de l'intérieur de la ville.

## Art. VII.

Il y aura au centre de Paris, c'est-à-dire près le Palais-Royal, un treizième temple qui sera connu sous le nom de *Temple majeur*. Il sera le plus spacieux, le plus nombreux de tous en sujets, à raison de la grande population du quartier, et de l'affluence d'hommes qui s'y rendent chaque jour de toutes les parties de la ville ; et comme il s'y trouve nécessairement dans cette foule des diversités de goûts et des inclinations bizarres, il y aura des nymphes de toutes sortes ; on y en trouvera des grandes, des moyennes et des petites ; des grasses, des grassouillettes et des maigres ; des bossues, des boîteuses et des bancales ; des châtaines, des brunes, des basannées, des mulâtresses et des négresses ; des blondes, des rousses et des rouges ; enfin ce temple sera pourvu de manière, que l'homme le plus fantasque sera sûr d'y trouver ce qu'il pourra désirer.

## Art. VIII.

Toute femme qui, depuis l'âge de 14 ans jusqu'à 40 ans, se présentera pour servir dans le temple, sera admise, pourvu toutefois qu'elle ne soit attaquée d'aucune maladie contagieuse. Les femmes mariées y seront également reçues sans que leurs époux aient aucune réclamation à faire, ni de dédommagemens à prétendre du côté de la prêtresse ; ils pourront simplement les reprendre. A l'égard des filles non déflorées encore, il sera fait mention de leur état à côté de leurs noms sur le registre général où seront inscrites toutes les nymphes du temple. Ces vierges auront, en premier lieu, comme le porte l'article XII, un traitement différent de celui des autres femmes.

## ART. IX.

Tout homme sera reçu dans les temples s'il n'est dans un état d'ivresse, d'imbécilité ou de folie. Mais il ne sera admis à sacrifier qu'après avoir justifié de sa santé. Ainsi, tout postulant subira un examen scrupuleux par devant le chirurgien du temple, connu sous le nom de *perquisiteur*. Cet expert fera son rapport de visite à la prêtresse, qui, en conséquence, statuera sur la demande. Le *perquisiteur* visitera aussi les nymphes chaque jour, dressera procès-verbal de l'état où il les a trouvées : et si quelques-unes d'elles montroient des apparences de maladies contagieuses, ou de toutes autres, on les feroit conduire aussitôt à l'hospice qui sera établi comme on le verra à l'article XVIII.

## ART. X.

Chaque nymphe aura sa chambre particulière où elle couchera ; mais, dès qu'elle sera levée, elle en sortira pour se rendre à une salle commune, et n'y rentrera qu'à l'heure du repos, à moins que dans le cours de la journée quelqu'homme ne se présente pour elle. Cette chambre destinée au sommeil de la nymphe et à la volupté, sera nommée *le berceau de l'amour*.

### Art. XI.

La salle commune, qui portera le nom de *sanctuaire du temple*, sera grande. C'est là où se tiendront les nymphes pendant le jour; elles s'y occuperont à de légers travaux de leur sexe. Des maîtresses ouvrières les dirigeront sous les yeux de la prêtresse. Cette salle servira aussi à recevoir les hommes. C'est dans cet endroit qu'ils feront le choix d'une nymphe, que la prêtresse ne pourra leur refuser, à moins que ces hommes ne soient dans l'état porté à l'article VII du présent réglement; mais hors de là, tout homme sera admis à sacrifier.

### Art. XII.

Le prix pour les sacrifices sera varié selon leur nature: le droit d'une simple offrande au pied de l'autel, sera de 1 liv. 4 s. Celui du sacrifice complet, de 3 livres, et une nuit entière passée dans le berceau de la nymphe sera payée 6 livres. Quant aux vierges, comme les prémices sont des objets de fantaisie, on ne peut en fixer le prix, ce sera à la prêtresse à négocier dans ces sortes de cas: elle pourra faire courir des avis chez les amateurs riches, et la négociation se fera toujours en présence de la pucelle, qui recevra les deux tiers du prix convenu. Les marques de la virginité une fois disparues, la nymphe entrera dans la classe des autres, et le prix de ses charmes sera le même que celui des leurs.

### Art. XIII.

Si un sacrificateur prend la nymphe à l'heure,
la première coûtera 3 livres, la seconde, 1 liv.
16 s., et les autres 1 liv., sans que la prêtresse puisse
rien exiger au-delà, ni se refuser aux réquisitions
qui pourront lui être faites à cet égard. Mais
il faut observer qu'il n'est question dans cet article que des offrandes simples, et que dans les
cas de sacrifices complets, les droits doubleront.

### Art. XIV.

Les caprices et les fantaisies qui ont fait trouver
de tout temps, dans les objets les plus bizarres,
des plaisirs qu'on ne goûteroit pas avec les êtres
les mieux accomplis, ont nécessité une uniformité
de prix pour toutes les nymphes, sans distinction d'âge, de couleur, de forme, de qualités
morales. Ainsi, la négresse et la blanche, la rouge
et la chataine, la bossue ou la bancale, de même
que celles dont le physique seroit un modèle de
perfection, toutes ces nymphes auront entr'elles
un prix égal, toutes seront au même taux.

### Art. XV.

Les hommes qui se présenteront dans le temple,
et qui ne voudront faire ni offrandes, ni sacrifices, y seront néanmoins admis ; mais ils reste-
ront dans la réserve, sans commettre aucun attou-
chement, sans déranger les nymphes de leur

travail. Ils converseront purement avec elles, et
paieront pour ces séances 12 s. par heure.

### Art. XVI.

Toutes les nymphes prendront leurs repas à la
même table, et à des heures réglées ; et l'homme
qui voudra dîner ou souper avec elles, paiera 3
liv. sans qu'il soit rien ajouté au service ordinaire; s'il demande de l'excédant, on le lui servira,
les frais en seront à sa charge : il ne pourra rester avec les nymphes qu'une demi-heure avant
le repas, et autant après, ce qui s'appellera
les momens de faveur: autrement il paieroit,
outre les trois livres pour le repas, douze sols par
chaque heure, au-delà des momens de faveur.

### Art. XVII.

Il sera libre à tout homme de louer une nymphe
pour le jour, soit pour la promenade, ou pour
la faire jouir du spectacle, et il paiera à cet effet
3 livres la première heure et 10 sols les suivantes.
De plus, il sera tenu de déposer entre les mains
de la prêtresse, en garantie des vêtemens et de
la personne de la nymphe, une somme de 120 liv.
Ce dépôt, dont il lui sera délivré une reconnoissance, portera en même temps l'obligation de
reproduire la nymphe à l'heure convenue, sauf
à être poursuivi comme coupable d'abus de confiance, de séduction et de rapt au troisième chef.
Mais la nymphe rentrée dans le temple, le dépôt
sera rendu et l'acte annullé.

## Art. XVIII.

Il y aura un hospice pour les nymphes qui tomberont malades : à quelque temple qu'elles appartiennent, elles y seront reçues et traitées gratuitement. Il ne sera consacré que pour elles ; nulle autre femme ne pourra y être admise, et cet hospice portera le nom d'*hôpital de Cythère.*

## Art. XIX.

Les nymphes seront entretenues et nourries aux frais de la prêtresse ; et lorsqu'une nymphe demandera à se retirer dans un autre temple, ou à rentrer dans la société, elle ne pourra le lui refuser, non plus qu'un certificat qui attestera la conduite qu'elle aura tenue pendant le temps qu'elle sera restée sous son autorité.

## Art. XX.

Comme les nymphes ne recevront rien des droits d'offrandes, de sacrifices, de séances ou de louage, à l'exception de ce que la pure générosité pourra leur faire donner, la prêtresse comptera à la nymphe qui se retirera 12 livres pour la premier mois qu'elle aura passé dans le temple ; 15 liv. pour le second ; 16 l. pour le troisième, et ainsi de suite sans augmenter. Mais la nymphe ne pourra, sous quelque prétexte que ce soit, exiger ces paiemens tant qu'elle demeurera dans le temple : ces sommes étant destinées par leur accroissement, à lui donner la facilité et les moyens de rentrer dans le monde, d'où elle ne sera peut-être sortie qu'à regret, forcée par des circonstances malheureuses.

## Art. XXI.

La prêtresse tiendra un registre sur lequel seront écrits les noms de famille et l'âge de chacune des nymphes, le jour de leur entrée dans le temple avec une note en marge, qui sera un résumé de leur conduite. Au bas de la note de chacune d'elles, il sera ajouté un point autant de fois que la nymphe aura accueilli d'hommes dans son berceau. Ces points seront comptés à la fin de chaque mois, et la prêtresse donnera, par forme d'encouragement, 9 liv. à celle qui en aura le plus, à la suivante 6 liv., et 3 liv. à la troisième.

## Art. XXII.

Si la prêtresse vient à se retirer ou à mourir, la plus ancienne des nymphes du temple sera élevée à la dignité vacante : mais si plusieurs se trouvoient en concurrence, la plus âgée seroit prêtresse, et son installation se feroit aussitôt, sans que qui que ce soit puisse y apporter aucun retard.

## F I N

# DÉCLARATION

## DES DROITS DES CITOYENNES

### DU PALAIS-ROYAL

---

ES citoyennes du Palais-Royal cons-
tituées en assemblée souveraine et
législative (en effet, ne font-elles pas
la loi aux hommes?), considérant
que l'Assemblée Nationale de Versailles acharnée
à extirper les abus de toute espèce, et surtout
étant sur le point de supprimer les moines, peut
bien juger à propos de supprimer les filles, arrê-
tent et décrètent les articles suivans :

#### ARTICLE PREMIER.

Les femmes naissent égales aux hommes et
libres comme eux. Si elles naissent libres, elles
doivent rester libres jusqu'à leur dernier soupir.

#### ART. II.

La liberté entraîne la propriété de sa personne.
Elles peuvent donc faire de leurs personnes ce
qu'elles jugent à propos.

### Art. III.

Les hommes étant déclarés libres par l'Assemblée Nationale, ils peuvent consèquemment faire à peu près ce qu'ils veulent, pourvu toutefois que leurs actions ne soient point contraires à la loi, qu'ils ne troublent point l'ordre établi , et ne nuisent à personne : s'il est libre aux hommes d'aller chez les femmes , il doit être libre aux femmes de les recevoir.

### Art. IV.

Les citoyennes du Palais-Royal pourront à l'avenir, comme elles l'ont fait par le passé, se promener dans toute l'étendue du jardin, aller, venir, étaler leurs grâces, dévoiler leurs appas aux yeux des hommes qui les convoitent et cela sans causer de scandale , bouder les uns, agacer les autres, et aller souper avec tout le monde.

### Art. V.

L'Assemblée Nationale ayant aboli les jurandes et maîtrises , l'assemblée législative des citoyennes du Palais-Royal, abolit pareillement les rétributions qu'elles ont été obligées de payer jusqu'ici à la police.

### Art. VI.

Dès qu'une femme publique devenue particulière, aura trouvé un homme qui l'entretiendra d'une manière, sinon fastueuse, du moins honnête, elle ne pourra avoir un second amant, à moins que ce ne soit par amour, et non par avarice. La pluralité des bénéfices est défendue, lorsque le revenu de ces bénéfices excédera la somme de 1500 liv.

### Art. VII.

On ne peut ni commander ni défendre l'amour; mais la loi peut restreindre un commerce de plaisirs, où l'attrait de la fortune à la fois et de la volupté, entraîne les femmes de tous les rangs et de toutes les classes.

### Art. VIII.

Toute citoyenne, aux restrictions près que peut y apporter la loi, a le droit d'exposer ses appas partout où bon lui semble, d'acquérir des grâces, de trafiquer de ses charmes, de faire un commerce aussi agréable que lucratif, et d'employer ses facultés et ses talents à ses plaisirs et à sa fortune.

### Art. IX.

Ainsi, libre dans sa personne, elle peut se vendre ou se donner à celui qui lui plaît davantage, ou qui paye le mieux.

### Art. X.

Ainsi, libre dans ses actions, elle peut aller, courir, souper, coucher chez qui il lui plaît, faire son commerce dans tel quartier de Paris, dans telle ville du royaume qu'elle voudra.

### Art. XI.

Si les femmes sont nées égales aux hommes, elles sont à plus forte raison égales entr'elles. Ainsi le préjugé qui les avilit, n'existera plus désormais, nulle profession agréable ou utile n'emportera dérogeance.

### Art. XII.

Tous les citoyens de quelque rang, de quelque sexe qu'ils soient, sont donc égaux. L'égalité civile consiste à n'être soumis qu'à la loi, et à pouvoir également réclamer sa protection.

### Art. XIII.

Comme les citoyennes du Palais-Royal tiennent leur bien du public, elles contribueront aux charges publiques en raison de leur fortune actuelle.

### Art. XIV.

La loi est l'expression de la volonté générale ; nul ne peut faire ce qu'elle défend, ni être forcé de faire ce qu'elle n'ordonne pas. Ainsi, toute femme publique étant libre d'exercer sa profession, est libre aussi de la quitter, sans qu'aucun homme ait le droit de la forcer à se rendre à ses désirs.

## ART. XV.

Mais la loi ne peut être juste et bonne, qu'autant qu'elle est faite à l'avantage de la société sans contrarier la nature ; la loi doit donc protéger une profession où mène le vœu de la nature et qui est aussi utile qu'agréable à la société.

L'assemblée, après avoir entendu lecture, voulut qu'on discutât les différens articles. Alors Mademoiselle A..... se leva, et attaqua vivement l'article VI. Mademoiselle A..... est entretenue par un E.... et un riche B..... de la rue Saint-Honoré. Elle étoit intéressée à l'article, et elle vouloit le faire supprimer, ou du moins l'adoucir par des amendemens. On alla aux voix, et l'article resta tel qu'il étoit.

Mademoiselle R.... vouloit qu'on ajoutât à l'article VII la défense aux femmes mariées, d'empiéter sur le commerce des femmes publiques ; mais après bien des débats, il fut décidé qu'on laisseroit ce soin à la puissance exécutrice des maris.

L'article XIII a été le sujet de beaucoup de débats. Ce n'est pas qu'aucune des honorables membres refusât de contribuer aux impositions communes ; mais seroit-il facile d'apprécier au juste les revenus annuels de chacun? Le champ de la galanterie a ses bonnes et ses mauvaises années. Quel impôt asseoir sur une fortune aussi précaire et aussi fugitive? On discuta longtemps, et après bien des débats, on décida que l'impôt seroit réglé sur le ton, l'élégance, le costume, et les ameublemens de la personne.

Divers autres articles furent soumis à un examen aussi sévère ; mais ils obtinrent enfin la pluralité des voix, et ils furent aussitôt décrétés en ces mots:

L'assemblée reconnoît et déclare les droits ci-dessus, des citoyennes du Palais-Royal, et les met sous la sauvegarde des lois et de la nation. Elle lance toutes les foudres de sa colère sur ceux qui voudroient y porter attteinte, et déclare ne reconnoître aucun *veto* qui puisse les anéantir.

F I N

# LES

# ŒUFS DE PAQUES

## DES DEMOISELLES

## DU PALAIS-ROYAL

## AU CLERGÉ

*Se trouve au Cirque*

—

M.DCC.XC.

# LES

# ŒUFS DE PAQUES

## DES DEMOISELLES

## DU PALAIS-ROYAL

## AU CLERGÉ

MESSIEURS,

Vous le savez, et l'Évangile vous l'apprend, notre divin législateur est né dans une étable. Pendant qu'il resta sur la terre, il donna l'exemple de l'humilité; son royaume n'étoit point de ce monde suivant lui; il enseignoit et pratiquoit la communauté des biens; ses disciples se faisoient longtems un devoir de l'imiter, tous les fidèles ne formoient qu'une famille, ils étoient alors frères.

Que les temps sont changés! Si *Jésus-Christ* apparoissoit sur terre, et qu'il y visitât vos temples, qu'il arrivât au moment où vos pontifes, assis, comme des idoles, dans un fauteuil posé sur une estrade surmontée d'un dais, se laissent déshabiller et revêtir, comme une poupée, des habits pontificaux; qu'il entendît cette musique bruyante, et qu'il vît ce cortége pompeux, qui

3

ressemble plutôt à un *opéra*, qu'à la célébration
de nos saints mystères ; n'en doutez point, *mes-*
*sieurs*, prenant un fouet à la main, il tomberoit
sur vous à grands coups, et vous chasseroit comme
il chassa autrefois les juifs qui étaloient leurs
marchandises dans la maison du *Seigneur* : Pro-
fanes, vous diroit-il, je n'avois pas de quoi ap-
puyer ma tête, et vous, vous n'êtes qu'embarras-
sés de choisir sur quoi vous reposerez la vôtre ;
je n'avois qu'une couronne d'épines, et vous avez
emprunté des *Phrygiens*, peuple voluptueux et
idolâtre, l'ornement de la *mitre* d'or ; je n'avois
qu'une robe de laine, et vous, vous êtes couverts
de draperies, de soies, de broderies et de dentel-
les ; vos doigts sont chargés de diamans ; je n'a-
vois qu'un roseau, et vous avez un bâton précieux,
que vous appelez crosse ; je marchois nu-pieds,
et vos pieds ne peuvent pas vous porter ; vous
vous faites traîner dans des chars brillans ; je
n'avois pour monture qu'un âne, et vous avez
dans vos écuries et dans vos haras, de superbes
coursiers, et des étalons ; je vivois frugale-
ment avec ceux qui suivoient ma doctrine, et
vous, vous vivez avec sensualité, avec délicatesse,
et n'admettez à vos repas, qui sont des festins,
que ceux dont la présence peut flatter votre amour-
propre ; je n'avois qu'une chaumière et vous avez
des palais, des châteaux, des jardins, des parcs ;
par votre ostentation, vous écrasez la surface de
la terre ; j'étois le père des pauvres, et je me
faisois honneur d'être le premier pauvre, et vous
qui possédez toutes les richesses, vous méprisez
les pauvres, vous seriez fâchés de retrancher de

votre superflu, pour soulager leur misère ; j'é-
tois le serviteur des serviteurs, et vous, vous êtes
des Monseigneurs, des Eminences, des Grandeurs,
des Révérendissimes et Excellentissimes ; je vou-
lois qu'on rendît à César ce qui appartient à César,
et vous, vous refusez de venir au secours de César
qui vous a comblés de bienfaits ; je ne m'occupois
que de la conduite des âmes, et vous, vous abandon-
nez cette conduite à des mercenaires, vous ne songez
qu'à intriguer et à faire des cabales, le temporel
absorbe toutes vos facultés ; je nourrissois du pain
de la parole, et vous, vous entretenez des cour-
tisanes, et vous faites remplacer par des prédi-
cateurs. Perfides ! vous diroit-il, ma morale n'est
pas reconnoissable; vous vous intitulez évêques par
la grâce de mon père, et chacune de vos actions
est un blasphème contre son nom. Insensé , tu
exhortes à la patience quand tu ne veux pas souffrir, quand tu as toutes les commodités ! Tu dé-
clames contre le luxe, quand tu affiches un luxe
insultant; tu recommandes la charité, quand tu
es inexorable et que ton cœur est de marbre. Vois,
vois les maux que tes déréglemens causent, les
sectes qui déchirent mon sein , les progrès de
l'irréligion ; la vertu bannie ou persécutée... Va,
va, le jour de ma vengeance est arrivé, la voix
du peuple est ma voix.

Hommes sacrés, représentans des Apôtres, n'a-
bandonnez donc plus vos diocèses que lorsque
vous y serez forcés par des ordres supérieurs :
toujours attachés à vos devoirs , et ne voyant
rien de plus agréable, votre conduite, votre douceur, votre humilité et votre frugalité nous édi-
fieront.

Quoi, diront ces représentans des Apôtres, à eux-mêmes, quelles sont nos qualités personnelles pour nous croire de la supériorité sur nos semblables ; la folie nous a faits héritiers des titres de nos pères, songeons à ne point en abuser, songeons que ce n'est qu'un pesant fardeau pour nous, un sujet de raillerie, une fumée que le moindre tourbillon dissipe, si nous n'avons en partage le mérite qui leur a acquis ces faveurs.

Ne nous abusons donc point, sachons que nous sommes redevables de ces magnifiques châteaux, de ces vastes campagnes, à la tolérance et à la bonhomie de ces indigens estimables qu'il y a si longtemps que nous regardons avec mépris.

Prenez-y garde, nous vous en conjurons, messieurs, au nom de la charité qui nous oblige à vous parler ainsi ; le tems a déchiré le rideau de l'ignorance et la lumière a dissipé le brouillard qui obscurcissoit votre conduite. Ne persistez plus dans vos faux principes, vos odieuses prétentions, alors vous vous ferez un honneur et une joie de concourir au bien général. C'est ce que nous croyons, ainsi que nos compatriotes, obtenir de vous, en vous présentant nos ŒUFS DE PAQUES.

---

De l'imprimerie de la VÉRITÉ.

# PÉTITION

DES

## DEUX MILLE CENT FILLES

DU PALAIS-ROYAL

A L'ASSEMBLÉE NATIONALE

---

Avant de blâmer les erreurs d'un sexe
aimable et débile, pense que nous lui devons nos plaisirs.

---

## LIBERTÉ — VÉRITÉ

CHEZ LA VEUVE MACART
rue Neuve-des-Petits-Champs, au-dessus du
chaircuitier, au coin de la rue Ventadour.

---

*L'an premier de la liberté*

—

1790

# PÉTITION

## DES DEUX MILLE CENT FILLES

### DU PALAIS-ROYAL

### A L'ASSEMBLÉE NATIONALE

Messieurs,

C'est avec la confiance qu'inspirent une bonne cause et votre équité reconnue, que la société des zélées publicistes du Palais-Royal vient faire une pétition à l'auguste Assemblée Nationale. Persuadées, messieurs, que vous êtes bien convaincus par vous-mêmes, de l'utilité de notre institution, nous n'entreprendrons pas d'en prouver la nécessité : notre patriotisme n'est pas moins connu ; on sait que nous ne nous sommes jamais plaintes des motions continuelles qui, occupant les promeneurs du Palais-Royal, les garantissoient de nos mines et de nos coups d'œils ; en outre grand nombre d'honorables membres, qui nous honorent de leur bienveillance, portent tous les jours à l'Assemblée nos dons patriotiques, que nous n'avons pu leur faire qu'en détail et en particulier.

Personne n'ignore combien nos mains, disons mieux, combien tout notre individu a contribué

à la révolution (nous en attestons les gardes
françaises) ; mais nous avons encore fait plus :
démocrates prématurées, nous n'avions jamais
admis de distinction d'ordre et de rang ; à l'exemple des ci-devant comtesses et marquises, nous
avons fait succéder sans cesse le duc et pair à
son laquais, et le modeste chapelain au *bour-
soufflé monseigneur* ; et quand la balance de nos
faveurs a penché, ç'a toujours été en faveur de
l'hercule roturier.

Il n'est personne à qui nous ne soyions utiles ;
nous ne parlons pas de ces marchands de toute
espèce que nous faisons vivre, ni de ces souteneurs, avec qui nous partageons les libéralités du
public, ni de ces bourgeoises qui viennent au
Palais-Royal apprendre de nous l'art de se mettre
galamment, et de prendre, à propos, l'air prude
ou libertin, encore moins de tout le numéraire
que nous remettons, sans cesse en circulation,
après avoir su le tirer des coffres-forts des har-
pagons de toutes les classes : nous nous donne-
rons bien garde encore de rappeler cette foule
de procès que nous avons fait gagner, en en
devenant les complaisantes solliciteuses.

Cependant, malgré notre utilité, notre patriotisme et notre industrie, les pertes que nous a
causées la révolution, la baisse des actions, l'ab-
sence de nos bons amis les aristocrates, parmi
lesquels nous comptions nos plus *sonnantes* pratiques, tout cela nous réduit aux dernières ex-
trémités. Nous patienterions encore, si le peu
*d'entreteneurs, demi-entreteneurs* et obligeans,
*michés* ou *animaux* qui nous restent, avoient de

l'argent comme autrefois; mais ils n'ont plus
que de tristes billets de caisse, ce qui nous force
d'accepter le modeste petit écu, nous qui ne re-
cevions, naguères, l'or qu'avec dédain et indif-
férence. Mais, messieurs, ce ne sont pas encore
là tous nos maux ; depuis que la liberté, si chère à
nos cœurs, nous a délivrées de la tyrannie du sieur
Quidor et de ses sbires, une foule de grisettes,
de *marcheuses* sans talens, nous dirions presque
sans attraits, sont venues se mêler de notre *commerce*, et nous enlèvent nombre de pratiques ;
au grand regret des connoisseurs qui avouent que,
n'étant fournies ni de pommades, ni de fouets,
ni de robes de chambre, et autres meubles de
l'art, elles ne peuvent satisfaire les goûts variés
des amateurs.

Nous assurons d'ailleurs le public qu'il ne peut
attendre d'elles rien que de très-commun, puisqu'elles n'ont jamais suivi de cours sous aucun
professeur connu, tels que *Blondy*, *Delaunay*,
d'*Hervieux*, et qu'on est exposé à tout chez elles,
comme l'a fort bien éprouvé, il y a quelques
jours, un honorable membre qui est encore à
attendre la monnoie d'un billet de caisse.

Telles sont nos doléances que nous prions
l'Assemblée Nationale de prendre en considéra-
tion, et nous sommes persuadées, qu'après les
avoir pesées dans sa sagesse, elle nous rendra
notre primitive aisance, en procurant la libre circulation des espèces, et en rappelant les aristocrates expatriés. Nous pouvons vous assurer,
*foi de bonnes coquines*, que ce sont de bonnes
gens à qui nous nous chargeons de donner une

éducation patriotique. Nous nous flattons que M. l'abbé de Montesquiou qui, dernièrement, plaida avec tant de chaleur la cause des religieuses, voudra bien aujourd'hui devenir l'avocat d'une classe utile et nombreuse de femmes, dont l'unique but sera toujours de rendre service à leurs concitoyens, et surtout aux honorables membres de l'auguste assemblée nationale.

Mathurine Delaunay, syndic.

Jeannette Jourdan, Barbe-Thérèse Blondy, Pierrette Duhamel, Magdeleine Masson, *jurées de la communauté des dames de Maison.*

Julie Sainte-Foix, secrétaire.

Zémire, Alphonsine, Adèle, Clairvalle, Aspasie, Victorine, Adeline, Richemont, Nina, *toutes rédactrices pour la communauté des filles d'amour.*

# REQUÊTE

PRÉSENTÉE

PAR LES FILLES D'AMOUR ET DE JOIE

DU PALAIS-ROYAL

A M. SYLVAIN BAILLI

Maire de la Ville de Paris

---

La publicité est la sauve-garde du Peuple.
BAILLI.

---

Vu la grande misère où se trouvent réduites les filles, par le manque des bons michés, dont la plupart s'éloignent d'elles, parce qu'ils ignorent leurs talens particuliers, les très-patriotes filles du Palais-Royal supplient M. le Maire de leur permettre, tant pour leurs intérêts propres, que pour l'utilité du public, de faire paroître un journal, sous le titre d'*Indicateur*. Ce journal composé d'une feuille d'impression, paroîtroit deux fois la semaine, et seroit rédigé par une société de *rouleurs*, des plus au fait de tout ce qui se passe au Palais-Royal et au Cirque. On pourra s'abonner chez les libraires du camp des Tartares, et de l'allée des Paillassons. Ce journal, ou-

tre les adresses des filles, nommera aussi leurs
amoureux, annoncera la vacance de leurs cœurs,
et les noms des aspirans ; on parlera des goûts,
des talens particuliers, des passions plaisantes,
ainsi que des anecdotes de la semaine : on y dira
par exemple, que la *Jourdan* a perdu hier aux
Thuilleries sa gorge et un de ses faux-culs ; qu'un
de ses vieux amis lui conseille de ne plus s'a-
muser à rivaliser avec ses filles, vu qu'à 45 ans,
on n'a plus d'amoureux que par charité ; que
*Bacchante*, malgré les douleurs que lui cause son
pied malade, invite les bons buveurs à faire as-
saut avec elle ; que *Saint-Maurice* a un goût si
particulier pour les habits poudrés, qu'elle ne
peut quitter son coiffeur ; que *Sasselange*, dite
la chanteuse, avertit le public que les femmes
seront toujours mieux reçues chez elle que les
hommes ; que *Lunéville* aime si fort la musique, qu'elle invite toutes ses amies à se ras-
sembler chez elle, pour qu'elle exécute sur leur
instrument l'ouverture d'*Iphigénie en Aulide* ;
que *Clermont*, *Aglaé*, *Rosny* préviennent les
amateurs qu'elles sont munies d'excellens pos-
tillons dont elles font grand usage ; que *Colombe* tête de cheval, *Racine* et *Flore* ont de
jolis appartemens à louer sur le derrière ; que
a grande *Dugazon* cherche à se défaire à l'a-
miable d'une assez grande quantité de légumes
dont elle s'est fournie. Enfin, qu'on avertit *Sain-
tré* d'être moins folle à l'avenir sous peine d'être
livrée aux gueux une soirée entière, et qu'on
donne le même avis à *Henriette*.

Vous concevez, M. le Maire, qu'un journal de

cette espèce ne peut qu'être très-utile ; aussi nous attendons de votre sagesse et de votre équité, que vous voudrez bien nous en faire délivrer incessamment le privilége ; nous pouvons d'avance vous assurer de toute notre reconnoissance.

*Signé*, les deux mille cent filles du Palais-Royal.

Vu et rédigé au comité permanent du Cirque.

*Signé*, Anne-Marie Gélicourt, *présidente* et représentante de l'hôtel de Genève.

Pierrette Saint-Marc, *secrétaire*, représentante de l'hôtel de Chartres.

Antoinette Germancy, représentante de l'hôtel des Mylords.

Julie-Fanfan-Esther, représentante de l'hôtel de Valois.

Charlotte-Adeline Larosée représentante de l'hôtel de Londres.

Henriette Sainte-Luce, représentante de l'hôtel du Perron.

Ursule de Quincy, représentante de l'hôtel de Radzivill.

Jeanne-Barbe-Louisette, représentante des femmes qui restent à leur fenêtre.

Alexandrine, comtesse de Carpentras, représentante des femmes qui vont au spectacle.

———

L'abonnement del'*Indicateur* est de deux gros-
ses...., tant à Paris que pour la province.

———

De l'imprimerie de la veuve Poignet, imprimeur
ordinaire des filles du Palais-Royal, au Cirque.

# I.

**TARIF** *des filles du Palais-Royal, lieux circonvoisins et autres quartiers de Paris, avec leurs noms et demeures.*

———

Nous croyons donner un acte de patriotisme en cherchant à éclairer le nombre infini d'étrangers que la ịfête patriotique a amenés dans la capitale, et que l'amour de la liberté y attire tous les jours. Oui, nous devons en bons frères leur indiquer un genre d'abus dont tous les jours ils peuvent être les victimes.

Le public a vu avec indignation les maitres d'hôtels garnis rançonner le patriotisme de nos frères des provinces, et n'avoir pas honte de mettre un prix exorbitant à leurs loyers, dans l'instant où tant des citoyens se distinguent par la grandeur de leurs sacrifices, et où chaque individu s'immole au bien général. Eh bien ! ce qu'ils ont fait, les demoiselles le font.

Ces commerçantes de Cythère ont voulu s'élever sur les ruines du commerce. Elles ont voulu pousser au plus haut prix des faveurs dont auparavant un prix très-ordinaire nous laissoient paisibles possesseurs. Partout aujourd'hui les plaisirs naissent sur nos pas : festins, spectacles, bals, illuminations; c'est à qui célébrera et fêtera nos frères des départemens.

Les filles, les filles seules veulent mettre un obstacle au cours naturel des choses : les bourses sont devenues l'objet de leur vorace cupidité. C'est pour ménager ce meuble utile, que nous allons mettre, sous les yeux du public abusé, un tarif exact du prix que les prêtresses de Vénus mettent ordinairememt à leurs charmes, et qu'elles ne peuvent ni ne doivent augmenter. Le renchérissement de cette denrée est d'autant plus répréhensible que plusieurs de ces citoyennes actives se le permettent dix ou douze fois par jour. Nous donnons le nom et la demeure de ces demoiselles ; mais nous avertissons nos lecteurs qu'ils ne trouveront sur notre tarif que celles dont la réputation est parfaitement établie, et à qui l'on peut s'adresser en toute sûreté, aux prix ci-dessous énoncés.

Noms et demeures                      Prix

MESDEMOISELLES

| Noms et demeures | Prix |
|---|---|
| Rosny, Palais-Royal, n° 179 . . . | |
| Rondu, Palais-Royal, n° 42 . . . | |
| Délaunay et Compagnie, rue Croix-des-Petits-Champs, au grand Balcon, le tout . . . . . . . . | |
| S. Far, Palais-Royal, n° 2 . . . | |
| Nassau, Palais-Royal, n° 88 . . . | 9 l. |
| Martin, Palais-Royal . . . . . . | 6 |
| S. Yves, Palais-Royal . . . . . | 6 |
| Pauline, bâtiment des Variétés . . | 3 |

Noms et demeures                    Prix

Darand, rue des Petits-Champs . .  6 l.
Le Roy, rue de Choiseuil . . . .  6
Lacroix, chez Nicolet . . . . . .  6
Piquer, chez Audinot . . . . .  6
Blondy et Compagnie, au coin du bou-
   levard Poissonnière, au-dessus du
   café, elle et sa Compagnie . . .  24
Du Tilleul, rue de Marivaux  . 50 bout. de vin.
Sophie et sa sœur, rue Basse-du-Rem-
   part, pour former un trio la nuit,
   avec le souper  . . . . . .  200 l.
Duplessis, r. des Petits-Champs, n° 13  12
Pericourt, rue de Bourbon-Villeneuve,
   n° 140 . . . . . . . . .  6
Saint-Germain, rue de Marivaux, à
   côté du marchand de vin . . .  72
Dugazon, rue des Sept-Postes, hôtel
   d'Astley . . . . . . . . .  192
Sainte-Marie, rue de Choiseuil . .  12
Dupuy, rue Saint-Denis, n° 122 . .  3
Dericourt, rue Royale, n° 7 . . .  6
Malingan . . . . . . . . . .  36
Sainte-Uberthy, rue Jean-Pain-Mollet  48
Dufayel, rue des Blancs-Manteaux .  12
Durancy, rue Neuve-Saint-Eustache,
   hôtel de Carignan. . . . . .  12
Carline, rue Transnonain . . . .  48
Dubosc, près l'Opéra . . . . . .  9
Candeilles, à la porte du Théâtre-
   François . . . . . . . . .  240
Lescot, rue Trousse-Vache . . . .  12

| Noms et demeures | Prix |
|---|---|
| Tabreze, rue de Richelieu . . . . . | 24 l. |
| Vanloo, danseuse, boulevard de la Comédie-Italienne, chez l'arque-busier . . . . . . . . . | 144 |
| Langlois et sa sœur, rue Neuve-des-Mathurins, n° 79 . . . . . | 24 |
| Castelnaudary, rue Neuve-Saint-Marc, n° 23 . . . . . . . . . . | 48 |
| Dulin, rue de la Lune, n° 16 . . . | 120 |
| Vallabuck, rue de la Lune, n° 34 . . | 12 |
| Dorlé, rue Basse-du-Rempart, chez l'apothicaire . . . . . . . | 24 |
| Arthur, rue du Faubourg-Saint-Honoré vis-à-vis le Trésor-Royal . | 5 |
| Des Perriers, rue de Rohan . . . | 3 |
| Audinot,... un souper et 8 paires de caleçons . . . . . . . . . . | |
| Constance Rancy, rue du Faubourg-Saint-Denis . . . . . . . . | 6 |
| Duchaufour et sa sœur, rue aux Fers, chez le tapissier . . . . . . | 18 |
| Lebrun, rue Montmartre, vis-à-vis l'égout . . . . . . . . . . | 12 |
| Alexandrine, rue de la Monnoye, chez la marchande de modes . . . | 12 |
| Romainville, rue de Richelieu, hôtel du Cirque . . . . . . . . | 12 |
| Volney, rue Saint-Martin, n° 18 . . | 6 |
| Cecille, rue Traversière . . . . . | 300 |
| Dubeau, rue Dauphine, chez le bottier | 3 |
| Mainville, rue de Richelieu, hôtel de Londres . . . . . . . . . | 6 |

| Noms et demeures | Prix | |
|---|---|---|
| Fleury, rue Saint-Nicaise . . . . | 6 l. | s. |
| Mignac, rue Gît-le-Cœur, n° 59 . . | 12 | |
| Saint-Hillaire, Palais-Royal , n° 229 | 6 | |
| Josephine, Palais-Royal, n° 133 . . | 6 | 12 |
| Rosalva, Palais-Royal, n° 228 . . . | 6 | 6 |
| Stainville, dite la Maréchale, r. Neuve-des-Bons-Enfans, elle et toutes ses pupilles, au nombre de six . . | 24 | |
| Boston et Compagnie, Palais-Royal, n° 343 . . . . . . . . . | 12 | |
| Duhamel, Palais-Royal, n° 442 . . | 6 | |
| Rixdaller, Palais-Royal, n° 127 . . | 5 | 12 |
| Du-Gray, Palais-Royal, n° 242. . . | 3 | 12 |
| Castelnau, Palais-Royal . . . . . | 4 | 4 |
| Des Rousières , Palais-Royal, n° 269 | 6 | |
| Montcerney, passage des Petit-Pères | 3 | |
| Des Granges, rue du Petit-Lyon Saint-Germain . . . . . . . . . | 6 | |
| Sainte-Amarante rue Saint-Germain-l'Auxerrois, chez l'epicier . . . | 3 | 12 |
| D'Estival, Palais-Royal . . . . . | 3 | |
| Thévenin, surnommée *As-de-Pique* rue des Filles-Saint-Thomas . . | 6 | |
| Rivoire, rue de Bourbon-Villeneuve, n° 83 . . . . . . . . . . | 12 | |
| La Caille, rue Saint-Honoré, vis-à-vis la barrière des Sergens . . . | 6 | |
| La Perrière, Palais-Royal, n° 133 . | 3 | |
| Bréville, Palais-Royal, n° 343 . . . | 6 | |

# II.

**TARIF** *des filles du Palais-Royal, lieux circonvoisins et autres quartiers de Paris, avec leurs noms et demeures.*

Nous répétons ici ce que nous avons avancé dans notre premier numéro. C'est uniquement par amour pour le bien public que nous avons entrepris ce léger opuscule. Nous n'ignorons pas que la troupe immonde des cagots, des hypocrites criera au scandale, et que les sots feront chorus; mais nous aurons les vrais philosophes et les jolies femmes; et nous nous croirons amplement dédommagés par l'estime des uns et le sourire des autres.

Nous n'avons entendu parler dans cet intéressant recueil que des artistes et non des amateurs, et nous protestons d'avance contre toute application fausse et maligne qu'une similitude de nom sembleroit autoriser.

Noms et demeures                          Prix.

MESDÉMOISELLES ET DAMES

S.-Aignan, rue Beauregard, à l'hôtel
    d'Artois . . . . . . . . . . . 6 l.

| Noms et demeures | Prix | |
|---|---|---|
| Boutilles, rue Poissonnière . . . . | 3 l. | s. |
| Poullain et compagnie, rue du Mail. | 6 | |
| Isabeau, rue Saintonge, impayable . | | |
| Le Maire et compagnie, sous les arcades de bois, proche les Variétés. | 9 | |
| Lablynay, rue de la Sourdière, n° 32. | 6 | |
| Montforti, rue Neuve-Saint-Laurent, Chevalier, marchande, rue des Deux Écus . . . . . . . . | 3 | |
| Lacour, rue du Petit-Lyon . . . . | 6 | |
| S.-Maurice, rue des Prouvaires . . | 3 | |
| Boscary, rue S.-Denis . . . . . | 6 | |
| Dubois, rue Mêlée, n° 16 . . . . | 4 | 4 |
| Durosal, rue des Petits-Champs . . | 6 | 6 |
| Darcy, rue Mêlée . . . . . . . | 4 | |
| L'Italienne, Palais-Royal, à côté du boulanger, tailleur . . . . . | 7 | 4 |
| Pelagée, Palais-Royal . . . . . | 3 | |
| Desbrosses, Palais-Royal, à côté du café italien . . . . . . . . | 9 | |
| Lacoste, rue Saint-Claude . . . . | 3 | |
| Michelot, à côté des Champs-Elysées . | 2 | 12 |
| Etievenet, rue au Maire . . . . . | 2 | 12 |
| Beauval, rue du Pélican . . . . . | 2 | 8 |
| Joffey, foire Saint-Germain . . . . | 96 | |
| Bonnemau, rue du Petit-Reposoir . | 4 | 4 |
| Troche, rue de Bondy . . . . . | 96 | |
| Forest l'aînée, rue Charlot . . . . | 12 | |
| La Bacchante, Palais-Royal . . . . | 3 | |
| Julie, boulevard du Temple . . . | 24 | |

| Noms et demeures | Prix | |
|---|---|---|
| Talon, chez le sieur Audinot . . . | 24 l. | s. |
| Chenier, rue Saint-Antoine, n° 133 . | 6 | |
| Desfouges, rue des Filles-S.-Thomas | 24 | |
| La Chassaigne, r. du Théâtre-Français | 48 | |
| Prine, rue des Mauvaises-Paroles. ., | 3 | 10 |
| Joly, rue Aubry-le-Boucher . . . . | 4 | 4 |
| Giraudy, Palais-Royal, à côté du con-fiseur . . . . . . . . . . | 9 | |
| Maillard, rue de Bondy . . . . . | 72 | |
| Miller, rue du Temple . . . . . | 144 | |
| Rosselois, rue de Bourbon-Villeneuve, chez un pelletier . . . . . . . | 182 | |
| Francastel, rue de la Lune . . . . | 9 | 6 |
| Aimée, Palais-Royal, chez le bijoutier | 6 | |
| Sainte-Amanthe, rue Saint-Germain-l'Auxerrois . . . . . . . . | 6 | |
| Renaut, Palais-Royal, chez Stainville | 3 | |
| Toinette, rue Percée . . . . . . | 1 | 4 |
| Catherine et compagnie, au coin de la rue Poupée . . . . . . . | 2 | 8 |
| Manette, rue Percée . . . . . . | » | 18 |
| Dozou, rue Saint-Thomas-du-Louvre, n° 8 , . . . . . . . . . | 3 | |
| Vielle, passage du Saumon . . . . | 6 | |
| Sainte-Alphonze, r. de la Chaussée d'Antin, n° 22 . . . . . . | 3 | |
| Louise Fontaine, rue de Rohan . . | 3 | 6 |
| Sainte-Foy, Palais-Royal, n° 102, elle et sa société . . . . . . . | 24 | |
| Louise et compagnie, rue de Lancry, la pièce . . . . . . . . . | 7 | 12 |

| Noms et demeures | Prix |
|---|---|
| Saint-Maurice, hôtel de Genève, n° 26, au coiñ de la rue de Rohan . . | 4 l. 4 s. |
| Gautier et compagnie, la pièce . . | 2 8 |
| Pinotet et ses compagnes, Palais-Royal, n° 50, la pièce . . . . . . . | 1 16 |
| Augear, rue du Coq . . . . . . | 3 |
| Thérèse Allemande, rue Jacob, chez un boucher; une bavaroise et . | 3 |
| Viller, rue Grenéta . . . . . . | 3 |
| Prongrié, rue Basse-des-Ursins, n° 7 | » |
| Vallemont, Palais-Royal, n° 88, elle et ses amies . . . . . . . | 24 |
| Jolly, Palais-Royal, n° 36 . . . . | 6 |
| Dubignon et compagnie, rue Saint-Honoré, près le Palais-Royal . . | 4 |
| Juliot, rue de Richelieu, cour Saint-Guillaume . . . . . . , . . | 3 |
| Marseille et compagnie, rue de Bourbon-Villeneuve, par chevelure . | 3 |
| Duval et compagnie, rue Saint-Martin, vis-à-vis la rue Grenier-Saint-Lazare, — la douzaine . . . . . | 24 |
| la pièce . . . . . . . . . | 3 |
| Le Clerc et Compagnie, vis-à-vis la rue Tireboudin . . . . . . . . | 3 |
| Emélie, Palais-Royal, n° 50 . . . | 6 |
| Nallaud, rue Saint-Joseph . . . . | 3 |
| Claudinette, rue Percée . . . . . | 1 16 |
| De Maillé, Palais-Royal, n° 31 . . . | 6 |
| Saint-Firmin, rue de Bondy, hôtel des Milords . . . . . . . . . | 24 |

| Noms et demeures | Prix | |
|---|---|---|
| Sainte-Aldégonge, rue d'Argenteuil | 6 | |
| M^me de Modes, rue de la Ferronnerie | 1 | 16 |
| Daufleur, rue Percée | 1 | 16 |
| Duclos, rue Percée | 3 | |
| Sophie, rue de Venise, chez le marchand de vin, au rez-de-chaussée | 2 | 8 |
| Geneviève, rue de Rohan | 3 | |
| La Baronne, rue de Rohan, vis-à-vis les deux frères Inemer, traiteurs | 1 | 16 |
| Joséphine, Palais-Royal, au-dessus du carreau | 6 | |
| Rosalie, Palais-Royal, chez le chapelier | 6 | |
| Victoire, Palais-Royal, n° 29 | » | 12 |
| Forest et sa sœur, rue de Richelieu, les deux | 48 | |

# III.



*Suite du* **TARIF** *des filles du Palais-Royal,
lieux circonvoisins et autres quartiers de
Paris avec leurs noms et demeures.*

---

On a fait circuler dans le public une feuille
intitulée : Protestation des filles du Palais-Royal,
qu'on annonçoit GRATIS, et qu'on a très-chère-
ment vendue. Les demoiselles du Palais-Royal
n'ont point protesté ; elles savent que les protes-
tations ne sont point reçues. On n'a qu'à lire leur
arrêté qu'elles ont fait imprimer, et où ces CON-
FÉDÉRÉES réclament, mais ne protestent pas. L'auteur de cet opuscule s'est créé le DON QUICHOTTE
de ces dames ; nous n'ignorons pas qu'elles ont
beaucoup de SOUTENEURS ; mais nous les ren-
voyons à l'assemblée des connoisseurs et amateurs du beau sexe, tenue au Palais-Royal, près
du bassin, qui, dans sa dernière séance, a voté
des remerciemens à l'auteur du Tarif.

On a encore observé que la protestation n'étoit
qu'une répétition plagiaire du Tarif.

| Noms et demeures | Prix |
|---|---|
| MESDEMOISELLES ET DAMES. | |
| Louise et compagnie, Palais-Royal, n° 123 . . . . . . . . . . . 180 l. | |

| Noms et demeures | Prix | |
|---|---|---|
| Rondue et compagnie, Palais-Royal . | 3 l. | s. |
| Derigny, Palais-Royal, n° 113 . . . | 24 | |
| D'Arnouville, Palais-Royal, n° 90 . | 9 | |
| Dilaitre et compagnie, sous les barraques du Palais-Royal . . . | 2 | 10 |
| Lore l'Italienne, Palais-Royal, n° 121 | 2 | 5 |
| Aimez et cinq filles de boutique, étant d'un commun accord, Palais-Royal, n° 200 . . . . . . . | 6 | |
| Brochoit, marchande de modes et sa compagnie . . . . . . . . | 4 | 10 |
| Edouard et comp., rue d'Argenteuil. | 100 | |
| Le Fanchont, marchande bijoutière, sous les barraques, vis-à-vis le limonadier . . . . . . . . | 1 | 16 |
| Touteville, Palais-Royal, n° 123, au 3^me | 12 | |
| Famy, assez gentille, chez Delaunay, Palais-Royal . . . . . . . | 6 | |
| Racine, brune assez gentille . . . | 3 | |
| Sarra, actrice des Beaujolois . . . | 9 | 12 |
| Latour, actrice des Beaujolois . . | 30 | |
| Cousin, idem . . . . . . . . | 12 | |
| M^me Vincent, chanteuse aux Beaujolois . . . . . . . . . . | 3 | |
| Le Brion, aux Variétés . . . . . | 5 | |
| et pour sa femme de chambre. | 1 | 4 |
| Rose, aux Variétés . . . . . . | 6 | |
| Beaujour, rue de Chartres, vingt bouteilles de vin et . . . . . . | 48 | |
| Louisette, au Palais-Royal, à l'entre-sol, n° 40 . . . . . . . | 12 | |
| et pour le souper . . . . | 6 | |

| Noms et demeures | Prix | |
|---|---|---|
| Sache-Lange la chanteuse, Palais-Royal, n° 173 . . . . . . . . | 6 l. | s. |
| Saint-Etienne, Palais-Royal, n° 39 . | 6 | |
| La Perrière, au coin de la rue de Richelieu, chez le boulanger . . | 5 | 4 |
| Méricourt, chez M. le Poulain, rue du Mail . . . . . . . . . . | 6 | |
| Lilly, au petit hôtel de Bourbon, rue des Bons-Enfans . . . . . . | 21 | |
| M^me Dupré et sa nièce, cour Saint-Guillaume . . . . . . . . . . | 15 | |
| Tétare, galerie de l'Assemblée Nationale, la soupe et le navet . . . | 6 | 6 |
| Minette Taconnet, rue Neuve-des-Bons-Enfans, n° 3 . . . . . | 3 | 4 |
| Henriette et sa femme de chambre . | 3 | |
| Adrienne Polchet et sa sœur, passage du Perron, une bavaroise et . . | 1 | 4 |
| Dupéron et quatre jolies personnes, Palais-Royal, n° 33 . . . . . | 25 | |
| Macarty, Palais-Royal, n° 189 . . | 60 | |
| Geneviève, rue Percée . . . . . | 1 | 4 |
| Claudinette, idem . . . . . . . | 3 | |
| L'Auvergnate, idem . , . . . . | 10 | |
| La Picarde, idem . . . . . . . . | 1 | 5 |
| Choux-Choux, idem . . . . . . | 6 | |
| Rose, idem . . . . . . . . . | 1 | 4 |
| La grande Victoire..... une pipe et. | 6 | |
| Saint-Léon, rue Traversière, n° 34 . | 12 | |
| Saint-Julien, rue Tiquetonne . . . | 9 | |

| Noms et demeures | Prix |
|---|---|
| Deux jolis minois, brune et blonde, rue Fromenteau, n° 4, en bloc . | 4 l. 4 s. |
| Thérèse, Palais-Royal, n° 88, blonde, ayant de beaux cheveux . . . | 6  6 |
| Adélaïde, Palais-Royal, n° 40, six bouteilles de bière . . . . . . | |
| Saint-Albin, brune, Palais-Royal . . impayable | |
| Ranci, Palais-Royal . . . . . . . un dîner | |
| Aspasie, Palais-Royal . . . . une andouille | |
| Victorine, Palais-Royal, un bol de punch, et . . . . . . . . . | 6 l. |
| Boulogne, rue de Chartres, hôtel de Caen . . . . . . . . . . . un mulet | |
| Du Gazon, passage du Perron . . une perruque | |
| De Versy, Palais-Royal, n° 88 . une chemise | |
| Brigitte, r. Croix-des-Petits-Champs . un anon | |

# IV.

**PROTESTATION** *des filles du Palais-Royal, et véritable Tarif, rédigé par mesdames Rosni et Sainte-Foix , présidentes du district des Galeries.*

———

Les dames Rosni et Sainte-Foix, présidentes en exercice, du district des dames du Palais-Royal, n'ont pu voir, sans une juste indignation, qu'il se répandoit dans Paris, qu'il se vendoit effrontément sous leurs fenêtres, entresols, œils de bœuf, etc., un écrit *réfrigératif* dans lequel leur honneur est visiblement et horriblement compromis ; leurs noms fameux placés à côté des barboteuses des rues adjacentes au Théâtre-National, où ces dames et compagnie représentent le soir, et en tout tems.

Si elles n'avoient eu que leur réputation à venger, elles auroient gardé le silence, bien persuadées que la moitié de Paris ne peut ignorer ce qu'elles valent, ainsi que leurs camarades, quand l'autre en est instruite ; mais ce sont les étrangers qu'il faut détromper.

Les dames présidentes et l'assemblée réunie à la synagogue du marchand de vin du passage de la rue Neuve-des-Petits-Champs , après avoir entendu le rapport du sieur *Fribourg*, garde des archives, qui a affirmé n'avoir trempé pour rien dans la conspiration contre l'honneur des dites dames; *déclarent* que l'écrit qui a pour titre *Tarif des filles du Palais-Royal*, est aussi faux que tous les tarifs et comptes-rendus *du ministre des finances*, et que l'historique qui le précède est aussi inepte que la justification de *Philippe Capet*, leur propriétaire; que cet écrit n'a pu être composé que par un aristocrate jaloux des plaisirs qu'elles ont procurés à leurs braves frères les députés ordinaires et extraordinaires de toutes les provinces de l'empire françois; que le zèle avec lequel elles ont remué la terre du Champ-de-Mars suffiroit à leur pleine justification, quand même ces messieurs députés n'emporteroient pas de quoi se souvenir long-tems d'elles.

*Tout considéré*, elles ont arrêté, à l'unanimité, après la troisième bouteille *de vin à quinze*, qu'on donneroit ordre au sieur Beuvin, libraire du district, de faire imprimer, et distribuer *gratis*, le présent arrêté, suivi de la liste des noms, surnoms, qualités et demeures des bonnes filles du Palais-Royal, et de quelques autres, qui par leur mérite reconnu et leur patriotisme ont mérité d'être affiliées à la compagnie, et que ladite liste seroit signée des deux présidentes, et de celles qui savent écrire.

Lecture faite du présent procès-verbal, la séance a été levée à onze heures et demie.

# V.

*Extrait du Registre des délibérations*

—

## L I S T E

*Sainte-Foy*, présidente de la galerie à droite,
    10 l. y compris la femme de chambre (1).
*Rosni*, présidente du côté gauche, n° 50, 12 l.
*De Rancé*, 6 l. sans retenue.
*Saint-Maurice*, brune fade, ennuyeuse, sans com-
    plaisance, n° 29, 3 l.
*Saint-Albin*, blonde édentée, n° 26, 3 l.
*Sainte-Luce*, mine agaçante, 6 l.
*Nancy*, 4 l. 10 s. y compris la cocarde nationale.
*Aglaé*, n° 50, mauvais genre, à discrétion.
*Clermont*, n° 50, n'aimant rien, 3 l.

---

(1) Ceux qui ont des mœurs, ou veulent en avoir
et connoître le monde, sont priés de ne-pas confondre
la femme de chambre, la servante et la bonne; la
femme de chambre sert dans le palais, la servante
au-dehors. Bonne équivaut à tribade, et on appelle
ainsi mesdames Raucour, Carline, Macarty, Verdun,
Mezières, Lucette, Sainte-Ange, Grandmont, les Le-
fevre, blonde et brune, Boulogne, ci-devant Françoise,
Julie, etc., le reste ne vaut pas l'honneur d'étre
nommé.

*Bréville*, belle femme, 9 l.

*Mariac*, jolie brune, passage du Perron, 12 l.

*Rondu* et compagnie, 12 l.

*Verdun*, selon les goûts, à discrétion.

*Alexandrine*, retirée du commerce, faisant la banque, 9 l.

*Sainte-Hélène*, n° 40, 6 l.

*Dubreuil*, passage de Radzivill, 3 l.

*Sainte-Amarante*, jolie créature, 9 l.

*Adélaïde*, jolie figure, 4 l.

*Berurrier*, n° 117, ancienne fille de boutique *de la Rondelet*, à son compte maintenant, 6 l.

*Germanie*, jolie coquine, 12 l.

*Duperron* et compagnie, propre à tous les genres d'exercices, n° 54, 12 l.

*Sainte-Huberty*, la blonde, avis aux Italiens, 6 l.

*Sainte-Huberty*, la brune, 6 l.

*D'Estainville*, gratis; pourvu qu'on y mange, elle se charge de la carte.

*Aspasie*, tempéramment impayable.

*Philibert*, n° 50, on lui en souhaite.

*Deversi*, n° 88, assez passable, 9 l.

*Sophie*, l'aboyeuse, *garde à vous.*

*Sulan*, marchande de nouveautés, précieuse à parties fines, gratis, pourvu qu'on dépense deux louis par jour avec elle.

*Sainte-Claire*, n° 40, jolie blonde sans caractère, 4 l. 4 s.

*Sainte-Marie*, n° 50, grande blonde, teint livide, dents gâtées, 3 l., en marchandant 1 l. 4 s.

*Julie*, n° 88, brune assez jolie, gros tétons, faisant de tout, 6 l.

*Dugazon*, passage du Perron, blonde rousse, sans
tournure, ci-devant cuisinière, à volonté.

*Chevalier*, brune intéressante, bel œil, 9 l.

*Victorine*, jolie figure, bien vive, 9 l.

*Sainte-Hilaire*, brune nonchalante , à volonté.

*La Bacchante*, n° 40, œil bien fendu, physionomie
bien prononcée, bouche petite, lèvres rubi-
condes, teint rembruni, taille bien fournie,
chevelure crépue, pour les jeunes gens, 6 l.

Pour les vieillards, à cause du bras ner-
veux, 12 l.


*Liste des bonnes filles affiliées*


*Beaujour*, rue de Chartres, au Café National ,
en faveur de son ancienne réputation, 9 l.

*Lucette*, bonne, cour Saint-Guillaume, 9 l.

*Sainte-Ange*, médiocre, *idem*, 6 l.

*Le Fevre*, *idem*, 6 l.

*Boulogne*, rue de Chartres, hôtel de Caen, 6 l.

*Duthé*, même hôtel, à tel prix que ce soit, on
en aura pour son argent.

*Delaunay* , rue Croix-des-Petits-Champs, jolie
tournure, dents postiches, un peu mâchoire,
6 l.

*Violette*, *idem*, jolie, fine, séduisante, 12 l.

*Léonore*, les grandes jambes, rue des Augustins,
bonne farceuse, 6 l.

*Dufayel*, bonne enfant, 6 l.

*Delutange* , rue de Chartres , hôtel de Caen ,
grande blonde, bon genre, bonne allure, assez
intéressante, un peu fière, 12 l.

*Brigitte*, rue Croix-des-Petits-Champs, pour les
amateurs de négresses, sans prix.
*Dericour*, 6 l. et un poisson d'eau-de-vie.
*Aspasie Citron*, femme nonchalante, 6 l.
*Aspasie Nazon*, 3 l.

Certifié conforme à l'original, par nous,
soussignées, ce 24 Juillet 1790.


*Signé :*


Rosni . . . } 
Sainte-Foy } *Présidentes.*
Delutange
Aspasie
Dugazon, etc. etc.

# NOUVELLE LISTE

### DES

## PLUS JOLIES FEMMES PUBLIQUES

### DE PARIS

*Leurs demeures, qualités et savoir-faire*

### DÉDIÉE AUX AMATEURS

Par un connaisseur juré de l'Académie des F***
séante au foyer Montansier

## A PARIS

*Au Palais-Égalité, foyer de la Montansier*

An IX. — 1801.

# NOUVELLE LISTE



## PLUS JOLIES FEMMES PUBLIQUES DE PARIS

## A

Adèle Mitonnet, rue de Louvois, grande femme qui se croit superbe; elle se met mal, vole l'argent à ceux qui vont chez elle, et est bête à faire plaisir.

Annette, au Perron, n° 93. C'est une blonde, âgée de vingt ans, d'une jolie figure; sa peau est blanche et du plus beau satin; sa gorge et son corps sont passables, mais passés; sa taille est avantageuse, son caractère doux et affable; elle est un peu intéressée, mais pourrait rendre heureux celui qui saurait la captiver.

Augustine Hurault, rue des Boucheries-Saint-Honoré, n° 9. C'est une blonde intéressante, âgée de dix-huit ans; sa peau est blanche, sa gorge, quoique petite, n'a rien de désagréable; ses yeux bleus font ressortir ses traits; sa taille est moyenne, sa jambe assez bien faite; enfin, si Augustine n'est pas une beauté parfaite, du moins a-t-elle l'amabilité en partage.

AGLAÉ (native de Blois), chez Sainte-Foix, galeries du Palais-Égalité, côté de la rue des Bons-Enfans, n° 148. C'est encore une blonde, de haute stature, nez à la romaine ; sa tournure est commune, et elle est très-méchante, paillassonne au dernier degré ; elle a un faible penchant pour les marchands de chevaux.

ADÉLAIDE (dite *Métanette*), même demeure qu'Aglaé. Elle est jolie, cheveux châtain clair, sa tournure passable, mais nonchalante, peu de gorge ; elle possède une dextérité inconcevable pour cacher dans le soulier de son pied droit les profits qu'elle retire de ses tricheries en sus du taux.

ANNETTE-DOROTHÉE LOIBEAU (dite *Agathe*), Palais-Égalité, galerie vitrée, maison de Reims, au-dessus du café Postal. C'est une brune assez jolie, très-voluptueuse, et aimant beaucoup les militaires.

ADÈLE, rue des Vieux-Augustins, n° 236, au second. Petite blonde, jolie au possible ; son maintien est décent, sa tournure agréable, sa jambe faite au tour : c'est un bijou.

ADÈLE, café Postal, hôtel de Reims, brune ; sa figure est grêlée et aussi peu passable que sa tournure est belle ; en un mot c'est une riche laideur.

AMINTHE (dite *Roquet*), petite brune, figure tachée de rousseur ; sa gorge est d'une extrême grosseur ; elle a la plus mauvaise tournure du monde. Si Aminthe ne se perfectionne point, ce n'est pas faute de bons exemples qu'elle reçoit chaque jour. Un défaut assez commun parmi les femmes, et qu'elle surpasse jusqu'au dernier degré, c'est que les michés paient leurs plaisirs et les siens ; elle ressemble parfaitement à nos ci-devant messalines françaises, elle reçoit des hommes pour donner aux femmes.

AGATHE, cour Saint-Guillaume, n° 10. C'est encore une brune, son œil est vif, son sourcil noir et arqué, sa bouche fraîche est ornée d'une denture superbe, sa gorge est belle ; elle est bien bâtie, et elle porte la toison la plus belle que femme puisse jamais avoir.

AIMÉE, hôtel de Chine, rue Neuve-des-Petits-Champs, blonde. De toutes les femmes du Palais, Aimée est celle dont la figure et la tournure sont les plus susceptibles de souffrir des détails avec avantage ; son œil est grand et bien fendu, son nez bien fait, sa bouche fraîche et bien meublée, sa gorge ferme et bien placée, sa jambe bien faite, sa démarche noble et aisée : c'est dommage qu'elle soit aussi bégueule, et surtout aussi froide ; c'est un beau marbre.

ADÈLE, rue de la Loi, hôtel de Bordeaux, petite femme du bon ton, tournure divine, figure chiffonnée, gorge peu ferme, mais blanche ; corps maigre, cuisse longue, pied mignon, très-capricieuse et amoureuse folle d'un danseur de l'Opéra.

AIMÉE, au Perron, n° 93, au premier sur le derrière, brune ; sa taille est élancée et bien

prise, sa démarche noble, théâtrale, sa gorge
bien placée, mais faible, sa figure régulière et
jolie; son œil noir, son sourcil très-épais et très-
bien arqué; en un mot, c'est une jolie femme.

Angélique, rue des Bons-Enfans, passage
Beauvilliers. De toutes les femmes du Palais,
Angélique est celle qui joint à la plus belle tournure la mise la plus recherchée. C'est une brune,
ayant de beaux yeux, une figure ouverte, quoique un peu prononcée, la bouche grande, mais
très-bien meublée, la gorge belle et bien placée;
sa peau est cependant un peu tannée; son port
est grand, noble et aisé, sa jambe divine, son
caractère doux et gai, et elle a de la délicatesse.
Enfin, si Angélique n'est pas une beauté parfaite,
du moins elle est la seule qui réunisse autant
de bonnes qualités physiques et morales.

Adèle, rue de la Loi, n° 744, brune. L'ensemble de son minois chiffonné fait pardonner à
l'irrégularité de ses traits; sa bouche, quoique
grande, est saine et très-bien meublée; ses yeux
sont expressifs : les excès qu'elle fait parfois lui
ont altéré l'organe; son corps est un modèle,
quoique sa jambe ne soit pas bien dessinée; elle
est très-gaie, et joue fort bien les proverbes et
et les Jéromes-Pointus; cependant elle est souvent mal embouchée.

## B

Bélair (dite *Gros-Objet*), habituée de Paphos,
rue des Gravilliers, n° 101, chez la lingère; brune,

affectant le grand ton et ayant belle tournure ;
elle est très-masse, assez fraîche ; elle embouche
très-bien le flageolet d'Adam.

BABET, ci-devant marchande à la place Mau-
bert, maison Maudhuy, Palais-Égalité. C'est une
brune très-jolie ; peau rembrunie, yeux noirs,
méchante et du mauvais genre.

BÉLINE, passage du Vigam, rue des Fossés-
Montmartre. Elle est brune ; sa chevelure est
on ne peut plus belle ; ses yeux sont très-beaux.
Elle a quitté le titre d'épouse du bon Jésus pour
celui de prêtresse de Vénus, et je parie que.
couvent pour couvent, elle préférerait de beaucoup le voile des Grâces au béguin de reli-
gieuse : elle a beaucoup voyagé, et a infiniment
d'esprit.

BRÉVILLE, au Perron, n° 93. Sa taille est très-
élevée, des chairs molles ; les chirurgiens des
Capucins lui ont fait d'honorables cicatrices.
Elle ne peut avoir de mérite que celui d'un long
usage ; elle sert à deux fins, elle vend du tabac
dans le passage du Perron.

BLONDEL, hôtel de la Chine, rue Neuve-des-
Petits-Champs. C'est une brune ; elle a de beaux
yeux une figure fraîche, une tournure élégante :
sa démarche est aisée, et elle est très-bien bâtie.

BELFORT, rue de la Feuillade, hôtel d'Aligre.
n° 1. Tournure assez jolie, mais laide et d'une
figure bourgeonnée ; denture passable, mais bouche puante ; ainsi donc j'engage Belfort à ne

pas négliger un endroit qui fait la beauté du sexe.

Betzi, hôtel de la Chine, rue Neuve-des-Petits-Champs. Sa figure est de celles qui peuvent plaire parmi les gens de sa couleur ; quant à moi, ce teint noir me déplaît infiniment : chacun son goût ; cependant sa démarche est aisée, elle est bien bâtie.

# C

Catherine, la brune. C'est une Hollandaise, âgée de vingt ans, grande, bien faite, et fort honnête dans son genre. Rue d'Arcole, près le boucher.

Colombe, rue de Chartres, n° 355. J'ignore ce qui lui a fait donner le surnom de *Tête-de-cheval* ; quant à moi, je vois peu de femmes qui aient une si belle tournure et autant d'amabilité (*) ; son caractère gai lui conserve son mérite, ce qui n'est pas peu de chose.

Cécile, maison Saint-Huberti, n° 123, galerie du Palais. C'est une blonde, sa figure est grêlée, infiniment piquante et régulière ; sa peau belle, sa bouche fraîche, sa taille bien prise et sa gorge très-bien placée.

Chevalier, rue Saint-Honoré, du côté de la barrière des Sergens. C'est encore une blonde,

---

(*) N'en déplaise à tous les critiques sans goût.

mais très-jolie, fraîche à proportion de la blancheur de sa peau ; sa taille est bien prise, et son port noble et aisé.

CLAIRE, rue de Chartres, maison du limonadier. C'est un phénomène, elle a le mérite rare de présenter aux amateurs des ressources également précieuses : les femmes en font leur homme, et les hommes leur femme : elle est hermaphrodite. On peut la reconnaître à un sac à ouvrage d'écarlate ; elle est rouge, sa figure est grêlée, son œil petit, sa bouche grande, sa tournure très-commune.

CLAIR (Saint-), rue de la Loi, hôtel des Cercles. Sa peau est d'un satin d'albâtre, sa tournure élégante, sa démarche noble ; sa bouche, un peu grande, est assez bien meublée ; nez à la Roxelane ; yeux noirs, mais très-petits.

CÉCILE, ci-devant chez la Raimond, au n° 148. Cécile est une brune, yeux noirs, gorge belle, peau blanche, tournure avantageuse ; mais sa démarche est trop commune.

CARLINE, cour Guillaume, n° 10. C'est une blonde ; sa figure est on ne plus intéressante ; sa gorge est belle, ses joues très-colorées, son œil langoureux et sa tournure décente.

CHARLOTTE, rue Saint-Honoré, n° 597 ; petite brune piquante, yeux noirs et saillants, un peu nazillarde par accident.... Avis aux... amateurs.

CHOUCHOU, maison Saint-Julien, rue Croix-des-Petits-Champs, au grand balcon, n° 88. C'est une brune ayant de très-beaux yeux ; sa gorge est

ferme et très-bien placée ; sa bouche est fraîche :
sa peau rembrunie , mais d'un beau piquant ;
elle est petite, mais bien tournée.

CÉLESTINE, rue Neuve-des-Petits-Champs, hôtel de la Chine, au second. Elle a une tournure
passable : gorge un peu faible ; elle est très-im-
périeuse et colère ; elle a cependant oublié les
halles , où elle a pris naissance. Célestine est
très-facile à reconnaître : elle porte au cou une
glorieuse cicatrice de Saint-Côme.

CONSTANCE, chez la Deval, n° 160, Palais-Égalité ; cheveux châtain clair , d'une figure très-
jolie et très-régulière , bien faite, démarche aisée, gorge ferme et bien placée, yeux fripons ,
sourcils bien arqués : enfin du plus bel ensemble.

CAROLINE, maison Sainte-Foix, n° 148, Palais-
Égalité; brune, figure chiffonnée et belle taille,
ayant beaucoup d'embonpoint ; elle est très-égril-
larde.

# D

DELPHINE, pâté des Italiens, blonde, infiniment
douce et aimable ; l'air de langueur répandu
sur son visage lui sied fort bien ; ses yeux sont
vifs, sa gorge belle, sa démarche aisée, sa jambe
bien faite ; elle meurt d'envie d'avoir un enfant,
et ne peut y parvenir. Si j'avais un pareil champ
à cultiver, j'augure assez de moi pour y faire
quelque chose.

DECAN ( dite *Nana* ) , rue Croix-des-Petits-
Champs, hôtel du Mans ; brune d'une figure ca-

ractérisée et belle, de beaux yeux noirs ; sa taille
et sa démarche sont aussi gothiques que son esprit est lourd ; son ensemble n'est pas gracieux,
elle est bêtement malhonnête, et aussi roide
qu'une statue lorsqu'elle est assise dans le jardin
du Palais, côté de la rue de la Loi.

DURANCI, passage des Variétés, vis-à-vis le café
de la Régence, Palais-Égalité. C'est une brune
piquante, d'une taille avantageuse, d'un embonpoint désirable ; elle possède un esprit vif et
amusant ; quant à son physique, il est passable :
elle peut avoir été belle femme, mais chacun
son goût ; sa gorge est attrayante et d'une belle
peau ; ses choix, sa précaution et sa propreté sont
faits pour lui assurer le retour de tous ceux qui
n'aiment à jouir qu'avec prudence. De toutes
les coquines qui exercent l'état, c'est une de celles qui se soutiennent le mieux.

DENISE, galerie de pierre, n° 16, blonde ; sa
taille svelte, sa démarche prononcée, sa figure
régulière, la rendent infiniment intéressante :
elle a beaucoup d'amabilité.

DAMOUR, chez la Raymond, n° 148, peau
très-blanche, très-ingénue, très-sociable, hautaine
de caractère, cependant bonne enfant.

DUTHÉ, rue de Chartres, chez le boulanger, au
premier. C'est une femme très-voluptueuse, mais
son caprice est encore plus grand que son penchant est voluptueux ; elle tient un ton qui lui sied
assez.

DÉSIRÉE (dite *Lise*), chez Babet, n° 121, brune

d'une figure jolie, puissante et bien tournée ; elle se met en poissarde pour mieux tirer parti d'une queue d'anguille.

Dufour, rue de Chartres, hôtel de la Paix, ci-devant chez la Lévêque ; figure fraîche, beaux yeux, nez épaté, bouche très-grande, denture jolie ; sa taille est assez bien tournée.

Deval, Palais-Égalité, n° 160. C'est une belle brune, bien tournée et bonne enfant ; mais ses lits, suivant quelques amateurs, sont aussi maigres que son physique.

Désirée, rue d'Arcole, maison du boucher, blonde, jolie : son maintien est gracieux, sa taille bien prise, la peau blanche et la jambe bien tournée.

Dorville, rue Basse-du-Rempart, n° 371. C'est encore une brune, d'une petite stature, jadis entretenue. Je préviens mes lecteurs qu'ils doivent se méfier de son astuce, elle joue le sentiment : elle est infiniment bégueule et tient le plus haut ton.

## E

Émé, au Perron, n° 93. Autant Rose, sa sœur, est sage et douce, autant Émé est folle. C'est un lutin, mais un joli lutin ; sa figure est d'un piquant, son œil expressif, sa tournure enfantine plaît autant que sa gorge naissante. C'est dommage qu'elle cache son minois sous une énorme perruque à trois marteaux. La voir telle qu'elle est, c'est-à-dire encore plus jolie.

ÉLÉONORE , galerie de pierre, n° 15; cheveux châtain clair ; sa physionomie est ouverte, sa gorge ferme et belle, sa cuisse et sa jambe sont bien faites, son caractère est doux, elle est très-rouée et très-voluptueuse.

ÉLÉONORE , galerie de pierre , n° 18. Elle est jeune , fraîche et d'une tournure enfantine qui plaît.

ÉMERINE, hôtel du Pas-de-Calais, rue des Moineaux. C'est une brune, sa peau est blanche et d'un beau velouté, ses yeux sont grands et très-expressifs , sa gorge élastique. C'est dommage qu'elle sacrifie trop à Bacchus ; car alors elle est méchante. Elle est capricieuse : c'est le défaut des jolies femmes.

ÉLISA , rue des Colonnes - Feydeau , n° 177. blonde cendrée. Si ses dents étaient plus belles, elle serait on ne peut plus jolie ; elle est aimable et douce, elle a une belle peau , de beaux yeux bleus, une gorge bien placée : elle est extrêmement voluptueuse.

ESTELLE , pâté des Italiens, n° 70, brune ; sa figure ne présente rien de régulier, mais son ensemble est passable, son œil est fripon, sa gorge naissante et sa tournure fort peu dessinée ; elle promet beaucoup à l'avenir.

ÉLÉONORE , Palais-Égalité, n° 156, brune ; sa figure, quoique maigre , est assez piquante. Elle est petite , bien tournée , sa gorge bien placée, mais faible.

ÉMILIE, hôtel du Mans.. rue Croix-des-Petits-

Champs; blonde, d'une figure pâle, mais intéressante ; yeux hagards, bouche assez mal
meublée, tournure agréable, gorge ferme et de
la plus belle peau.

Émilie, n° 148, petite taille, mais bien faite,
brune de peau, gorge parfaite et bonne enfant.

Éléonore, même adresse, à l'entresol; petite
taille, très-brune, belle gorge; elle est affable et
intéressante; beaucoup d'embonpoint.

Euphrosine, chez la Sainte-Foix, Palais-Égalité, n° 148. On doit distinguer celle-ci comme
une des plus coquines : je passerai sous silence
quelques-unes de ses petites aventures qui, loin
d'inspirer au lecteur une certaine pitié que l'on
devrait avoir pour de telles hypocrites, ne servi-
raient qu'à l'irriter au point qu'il se porterait à
des excès contre elle : je me bornerai seulement
à dire qu'elle vient d'être reçue chez la Sainte-
Foix à son retour de la petite Force, d'où elle
sort d'être traitée, ayant été forcée d'y entrer,
puisqu'elle ne trouvait de place dans aucun b...el,
et la Deval, chez qui elle était, n'ayant pas voulu
garder une femme qui, à elle seule, pouvait em-
poisonner un nombre considérable de braves
jeunes gens qui, séduits plutôt par le récit de
ses prétendus malheurs que par de fausses ca-
resses, auraient pu se laisser entraîner.

On ignore maintenant si c'est par peur d'augmenter son mal ou pour le plaisir de satisfaire
une horrible passion qu'elle entretient une cor-
respondance avec la sœur Scholastique.

## F

FANFAN, rue de Chartres, n° 355 (son nom de famille est *Jeandrou*). C'est une brune : il serait difficile de trouver une coquine aussi jolie, aussi aimable que Fanfan : ce sont les beautés réunies de Vénus, de Phidias et de Praxitèle, avec la fraîcheur du coloris du pinceau d'Appelles. Ses formes sont heureuses, son caractère est doux, son œil vif, sa main potelée ; mais sa mise lui est peu avantageuse, sa démarche n'est pas aussi soignée qu'elle le devrait être, et sa tête parfois trop penchée ; elle ferait bien de profiter de mes conseils, car elle est faite pour faire les délices d'un amateur.

FÉLICITÉ, hôtel de la Paix, galeries du Palais. C'est une brune, ayant de très-beaux yeux noirs et bien fendus en amande, sourcils noirs et bien arqués, sa peau est fort belle, ses formes bien proportionnées et très-fermes ; elle a la bouche un peu trop grande ; sa taille est avantageuse, mais sa démarche est sans grâces.

FÉLICITÉ (la petite). C'est une brune fort douce, ayant les yeux bleus bien fendus et de fort jolis bras, la gorge bien placée et faite au tour. Son honnêteté est à l'épreuve.

FANNY, hôtel du Maus, rue Croix-des-Petits-Champs-Honoré, blonde, fraîche, d'une figure intéressante, jolie tournure et très-aimable.

FANFINETTE, galerie des Bons-Enfans, chez

Sainte-Foix, n° 148 (son nom de famille est Marie-Reine Hortobise) ; son caractère est sociable, mais capricieux ; ses yeux sont bleus sa bouche grande, sa gorge belle, mais le bout du sein est trop noir.

Fontaine, rue de Marivaux, n° 502, ancienne agioteuse, blonde ; sa figure passable, sa tournure désagréable, sa gorge fort basse ; mais elle rachète ses défauts par une complaisance sans borne.

Fontaine, chez la Deval, cheveux châtain clair, grande figure grêlée, de beaux yeux, gorge bien placée et bonne tournure ; son caractère est rarement méchant et acariâtre.

## G

Gabrielle (dite *Télégraphe*), cheveux châtain foncé ; sa figure est dure et rétive, elle a l'air d'être empalée. C'est une précieuse ridicule.

## H

Henri (femme), hôtel de la Chine. De toutes les femmes du Palais, c'est la plus belle, tant pour le physique que pour le moral : sa figure est un peu maigre et un peu grêlée, sa taille est superbe, sa jambe divine, sa gorge faite au tour ; c.. de Vénus, f..... d'Alcibiade ; enfin, si Henri n'est pas une Vénus, du moins est-elle la reine des f........; cela lui est dû : d'ailleurs faites-en l'expérience, et jugez-la.

HÉLOISE, maison Saint-Huberti, brune ; sa figure, quoiqu'assez caractérisée, a un fond de dureté qui choque, son œil est perçant, sa tournure agréable, mais sa gorge est un peu faible.

HENRIETTE, maison Sainte-Foix, n° 148, brune, taille moyenne, figure intéressante, gorge moyenne et bien placée.

HUBERTI (Saint-), galeries du Palais, n° 123. C'est une blonde : peu de femmes ont un aussi beau corps que Saint-Huberti ; mais sa figure.... elle est à peu près passable... défaut qu'elle rachète par beaucoup d'apprêt, d'amabilité et d'art dans les combats amoureux.

HENRIETTE LEMOINE, rue Helvétius, n° 61, à l'entresol, cheveux châtain clair ; son caractère méchant fait regretter sa figure enfantine : sa taille est élancée, et joignez à cette tournure une gorge d'albâtre.

**J**

JULIETTE, au Perron, n° 93, au troisième. C'est une brune de la plus belle peau et de la plus grande fraîcheur ; elle est aimable, bonne enfant et très-voluptueuse ; ses formes, quoiqu'un peu trop prononcées, sont des plus belles.

JULIENNE, grande brune très-bien bâtie ; sa démarche est aisée, son front grand et noble, sa figure est un peu grêlée, son caractère est très-sociable,

JEANNETTE, cour Guillaume, à la grille, au

troisième, cheveux châtain foncé : elle est très-belle femme, sa gorge est ferme et très-bien placée, sa démarche avantageuse, sa bouche un peu grande, mais fraîche ; elle nazille trop en parlant : avis aux amateurs.

JOSÉPHINE, chez la Deval, cheveux châtains : sa figure est on ne peut plus régulière ; elle serait très-jolie, si elle était plus remplie ; elle est grande et bien faite, sa gorge est belle, mais un peu faible ; sa peau est blanche et satinée ; sa démarche est aisée, et son caractère est doux.

JOSÉPHINE, maison de la Paix, brune, d'une figure passable ; elle a une fossette au menton : c'est une Cléopâtre pour les fesses et les reins.

JOSÉPHINE, maison de la Raimond, n° 148 (elle est surnommée *Gros Objet*), cheveux châtain clair ; elle a de l'embonpoint, sa gorge est énorme et molle, et sa tournure est poissarde. On ne peut voir clair chez elle, car ses vessies ne sont point des lanternes.

JOSÉPHINE, rue du Bouloi, hôtel Clermont, n° 42, brune grêlée, mais jolie ; sa démarche est aisée, son œil bleu est très-voluptueux, son sourcil noir est bien arqué, sa gorge est belle et bien placée.

JUSTINE, hôtel du Mans, figure très-grêlée et pâle, yeux grands et expressifs, gorge belle, très-voluptueuse : elle est p......

JULIEN (Saint-), rue Croix-des-Petits-Champs, au grand balcon, n° 88. C'est une brune aux

yeux bleus, d'un caractère acariâtre, tournure
ridicule et gothique, insolente, crapuleuse, mal
embouchée; sa maison est un des premiers coupe-
gorge de Paris; mais, heureusement les souteneurs ou maquereaux de ce bastringue ne sont
pas crânes; j'en parle par expérience : j'invite
ceux qui pourraient aller chez elle, à se tenir
sur leurs gardes. On prétend que la police lui
avait fait défense de tenir des femmes; si cela
est, il est à regretter que l'on n'y tienne pas la
main.

JUSTINE, maison Deval (son nom de famille
est Marguerite Deslauriers), native de Thion-
ville, cheveux châtain blond, assez jolie, yeux
fripons et séduisans; son teint a, comme tant
d'autres, besoin des secours de l'art pour pa-
raître vermeil. Elle est trop grosse pour parler
de sa taille : quant à sa gorge elle a été très-
belle; mais à présent elle n'a que les débris de
sa beauté; ils sont d'une extrême grosseur, encore plus moux qu'ils ne sont gros. Son défaut
journalier est de sacrifier à Bacchus les plus
beaux momens de sa vie. Elle aime beaucoup les
militaires : elle fait même toutes les avances.

## L

LAMBERTI, native de Dijon, rue Beauregard,
cheveux châtains, figure chiffonnée, bonne tournure et mauvais ton, méchante et peu sociable,
quoique gaie et chantant bien.

LOUISON BOUTAI, maison d'Adeline, n° 18, cheveux châtain clair ; sa figure est intéressante par son ensemble, mais ne peut souffrir aucun détail ; elle a de la fraîcheur, une belle peau, démarche pesante : elle est très-voluptueuse.

Louison, au Perron, n° 93, blonde, figure fraîche, régulière et expressive ; peau du plus beau satin , gorge ferme et bien placée, tournure agréable, mais très-capricieuse : c'est le défaut des jolies femmes.

Lesueur (dite *Virginie*), maison Deval, n° 160, brune, à la Titus ; sa gorge est toute tachée de rousseur ; p..... au dernier degré, tant avec l'un qu'avec l'autre sexe ; elle porte au cou et dans d'autres endroits de glorieuses cicatrices des écoliers de Saint-Côme.

Lévêque, galerie des Bons-Enfans, n° 113. Il y a bien des personnes qui préfèrent, avec juste raison , la Lévêque à ses femmes ; sa tournure est des plus avantageuses ; elle est fraîche, d'une belle figure , du caractère le plus heureux : sa complaisance est extrême pour tous ceux qui vont chez elle, sans en excepter les p......, mérite rare chez des femmes qui ne respirent que l'or.

Laurette, rue de Chartres, maison du limonadier , au premier, brune , petite, épaisse, de la plus belle peau et de la plus grande fraîcheur ; son œil est noir et vif, son sourcil également est bien arqué, et sa gorge, couverte du plus beau satin, est belle et bien placée.

Lise, rue Croix-des-Petits-Champs, hôtel de la Liberté, n° 101, cheveux châtains ; sa figure est fine et piquante, son œil vif et perçant, sa bouche fraîche et bien meublée, ses joues parfaitement colorées, sa gorge belle, sa peau blanche et sa taille bien prise.

Louise, rue Neuve-Saint-Augustin, n° 13, au second, la chambre n° 3, gentille, taille avantageuse, yeux fripons, gorge fort belle, peau très-blanche, son caractère est doux; elle est fort aimable, aussi je l'aime beaucoup. J'invite les amateurs à aller voir la jolie Louise.

Lavallée, rue d'Argenteuil, n° 18, brune, tournure agréable, gorge passée, peau superbe, bouche bien meublée : c'est une femme à partie.

Lavallée (sa fille), même demeure; sa figure est passable, sa tournure jolie, gorge faible; bien des personnes préfèrent la mère à la fille.

Laroche, rue Honoré, n° 597, brune, languissante, sujette aux maux de cœur après un déjeuner galant; voluptueuse, taille élancée, jambe fine, mais mal chaussée, usée et bientôt hors de service.

Léonore, hôtel de la Chine, rue Croix-des-Petits-Champs, grosse, blonde, beau teint, ayant les grandes lèvres d'en bas pendantes, fort intéressée avec les hommes.


# M


Mariet, rue d'Arcole, près le boucher. C'est une brune, âgée de dix-huit ans, faite au tour;

elle aime à la folie son directeur de la trésorerie.

MARCELINE DESQUEL (dite *Espagnolette*), hôtel Lévêque, très-blonde, élancée, fort maigre, petite gorge, assez bonne tournure; elle parle différentes langues et avec facilité.

MANETTE LATOUR, place des Italiens, n° 522, au premier. C'est une brune, sa tournure est belle, sa jambe passable, et sa gorge ferme et bien placée; son extrême fraîcheur fait pardonner à la petitesse de ses yeux et à la forme de son nez, de même que la blancheur de ses dents répare le défaut de ses lèvres; son caractère est méchant: elle était jadis marchande de poisson à Orléans.

MANETTE AUDEBAUD (de Bourges), galerie du Perron, n° 93, à l'entresol; son air dédaigneux et son petit air bourgeois ne lui conviennent pas du tout; elle est petite, la gorge mal placée; elle est un peu bégueule et de contrebande pour l'instant; mais elle rachète ces défauts par une extrême complaisance, et, par économie, elle a sa mère pour femme de chambre.

MONROSE, hôtel du Mans, rue des Petits-Champs, cheveux châtains, yeux bleus; elle n'aime que l'argent; sa tournure est assez avantageuse, et son caractère gai; sa gorge est passée, sa peau est très-blanche et sa jambe bien faite.

MÉLANIE (aux beaux bras), chez Maudhuy, restaurateur, cheveux châtains; sa figure est d'une dureté fatigante, et ses dehors peuvent servir à la caractériser : elle se plaint de ce que son bras ne fait plus de bruit, et de la dépravation parmi les habitués du Palais. Elle peut bien avoir eu le ... ; elle doit l'attribuer plutôt à la malpropreté de sa bouche qu'à nos goûts passagers.

MARIANI, maison ci-devant d'Adeline, n° 18, blonde, figure grêlée et maigre, yeux bleus, mais d'un bel ensemble ; sa taille est élégante et bien prise : elle est aimable et bonne enfant.

MARIETTE, rue Sauveur, chez l'ébéniste. C'est une jeune brune, avec un minois chiffonné et piquant ; son œil est noir et vif, sa gorge est belle, ferme et bien placée ; elle a un signe au bout du sein gauche.

MARCHAND, rue de la Feuillade, au grand balcon, n° 31. C'est une vieille, coquette, laide et envieuse de la beauté qu'elle n'a pas ; sa chevelure est belle, sa tournure passable ; elle s'est divorcée pour mieux suivre ses goûts pour la débauche : elle est intéressée, mais complaisante pour les beaux jeunes gens. Je préviens qu'il est bon que la force physique soit jointe à la beauté.

MILLER, rue des Filles-Saint-Thomas, au coin de celle de la Loi, chez l'épicier, à l'entresol. C'est une ci-devant danseuse, ayant sauté des coulisses au boudoir de Vénus, rouée de profession, physique agréable, un peu grêlée, belle tournure, belle gorge et très-bien placée ; sa peau est fort blanche; affable et complaisante, ne laissant rien à désirer.

Maxence, hôtel de la Chine. C'est une brune, figure un peu grêlée; son caractère est très-méchant, sa figure l'annonce assez ; sa démarche est campagnarde : elle est très-intéressée.

# N

Nina, maison de la Lévêque, n° 113, cheveux châtains. C'est un minois chiffonné, taché de rousseur, mais piquant; elle est petite, mais bien tournée ; sa démarche est on ne peut plus aisée.

# O

Orange, galerie de pierre, n° 30. C'est une grosse brune, extrêmement épaisse ; elle a de fort beaux yeux, et elle sert à deux fins pour son plaisir particulier.

# P

Pauline, cour Guillaume, à côté de la grille. C'est une brune, d'une jolie figure, sa gorge est très-belle, sa peau blanche ; elle est très-désintéressée et peu faite pour son état : elle est pour cet instant entretenue.

Pauline, chez la Deval, Palais-Égalité, n° 160. C'est une brune d'une tournure massive, mais point désagréable ; sa figure est fraîche ; elle est assez bonne enfant, mais elle est d'un genre trop commun.

POUPE, Palais-Égalité, n° 167, brune, figure très-fraîche, œil noir et bien fendu : elle est on ne peut mieux bâtie ; son port noble est aisé, son maintien décent, sa gorge est fort belle, sa peau blanche et satinée, aimant beaucoup la lecture.

## R

ROSINE, hôtel du Mans, grande, brune, maigre, assez bégueule, et divinement mal tournée.

ROSE, au Perron, n° 93, au second ; sa figure est régulière, son œil est très-fripon, sa peau est rembrunie, mais d'un bel ensemble ; jambes bien faites, cuisses et chûte de reins fort belles, caractère doux et aimable, air très-réservé et sage.

ROSE GUILLEMETTE (dite *Joséphine*), pâté des Italiens. C'est une brune, très-jolie, aux yeux bleus ; sa bouche est très-mal meublée, sa tournure ordinaire, quoique bien faite.

ROZENDHAL, chez Juliette, en face de la Trésorerie, au n° 1289. C'est une brune très-jolie, sa peau est d'une blancheur d'albâtre, des yeux bien fendus, une bouche très-bien meublée, sa tournure répond à sa beauté, et son caractère la rend parfaite.

ROSINE, Palais-Égalité, hôtel de Reims, brune.

C'est une femme qui, selon moi, a le mieux l'art de se conserver ; sa figure n'est pas ce que l'on peut dire jolie ; mais l'émail de sa denture, la vivacité de son œil et la beauté de son sourcil la rendent plus piquante ; sa gorge, quoique tachée de rousseur, est des plus belles ; elle a deux signes sur le sein gauche.... elle est douce et bonne enfant.

Rose, cheveux châtain foncé, figure expressive et caractéristique, gorge belle, peau rembrunie, bouche un peu grande, mais bien meublée ; son œil est bleu, son caractère est doux et sa taille bien prise.

Rosalie, chez la Saint-Huberti, n° 115, brune ; sa bouche est grande, son nez gros, sa fraîchéur d'emprunt, son œil abattu, sa taille svelte, mais guindée, sa tournure est celle d'une poupée ; elle est méchante et vindicative ; mais elle cache ses défauts par des dehors aimables et séduisans.

Rosine, rue Croix-des-Petits-Champs, hôtel de la Liberté, n° 101, cheveux châtain clair ; sa figure est maigre et décharnée, sa gorge faible, sa tournure commune ; elle fait la bégueule, mais elle ne fréquente jamais les jeunes gens, parcequ'ils n'en veulent pas, à cause qu'elle a la gale.

Rosalie, rue de Rohan, n° 375, cheveux châtain foncé ; sa figure est d'un chiffonné piquant, son œil est bleu, sa peau blanche, sa gorge belle, sa main potelée, sa jambe bien faite ; elle est aimable et douce.

Rose (dite la *Bête*), rue Honoré, hôtel des Départemens, blonde, de la plus belle stature ; sa gorge est jolie et bien placée, mais c'est une statue.

Raimond, hôtel de la Chine. C'est une négresse, mais infiniment laide et dégoûtante ; elle est maigre et très-efflanquée.

Rainal, rue des Vieux-Augustins, hôtel de la Vache Noire, au second, grande brune, bien rouée, amoureuse à la folie des pantins du boulevard de l'Ambigu ; habituée de Paphos ; gorge assez belle, sacrifiant autant à Bacchus qu'à Vénus ; mais déjà sur le retour.

Rose, rue Sauveur, maison du coutelier, chez la cit. Sain, n° 29, brune, figure chiffonnée, belle jambe et pied mignon : son esprit enjoué la fait rechercher pour les parties fines.

Rose, âgée de 50 ans, procurant des femmes de mauvais goût à tous ceux qui sont de cette trempe.

## S

Sophie, chez Angélique, rue des Bons-Enfans, figure chiffonnée et grêlée, assez gentille, aimant beaucoup les jolis garçons : j'en parle savamment.

Suzanne, galerie de pierre, n° 17, à la Bonne-Foi. C'est une blonde foncée ; c'est la douceur et la beauté en personne ; sa figure est d'un bel ensemble ; ses joues sont naturellement colorées,

sa bouche est fraîche, sa peau est d'un blanc
satiné ; son sein, parfaitement accordé, est aussi
dur et aussi blanc que l'albâtre ; sa cuisse est
ferme, sa main potelée et blanche ; elle possède
une superbe chute de reins, sa jambe bien faite,
son caractère n'est pas moins riche ; elle est
douce, honnête, délicate et soi-disant parfaite pour
son état : pour moi, je n'en crois rien.

SOPHIE, rue Nicaise, n° 13, au premier, brune ;
sa bouche, quoique grande, est très-bien meublée,
ses yeux sont passables, sa gorge est belle et
ferme, sa figure chiffonnée lui sied fort bien : elle
est douce, aimable et bonne enfant.

SOPHIE DUBOIS, chez Postal, hôtel de Reims,
cheveux châtain foncé : de toutes les coquines du
Palais, Sophie est la plus rouée ; elle a profité de
son temps, elle a bien fait ; maintenant, elle ne
peut plus compter sur les plaisirs de l'amour,
car elle s'est trop ruinée. Je ne développerai
point ses charmes, je dirai seulement que sa figure est intéressante ; elle a beaucoup d'esprit,
et elle ne s'en sert pas ; son caractère est jovial :
c'est une femme faite pour son état.

SOPHIE DUPUIS, rue de l'Échelle-Honoré, n° 747.
C'est une brune très-jolie ; son nez à la Roxelane
va fort bien à sa jolie figure : mais le malheur
est que Sophie n'a pas de gorge, et que sa peau
est huilée comme les négresses ; son caractère
est acariâtre, elle est méchante comme un petit
diable.

SOPHIE DUMAIS, hôtel de la Chine, cheveux

châtain clair ; sa peau est noirâtre ; elle est
épaisse et très-massive , elle est méchante et
crâne ; elle ne sort que le soir ; la classe où elle
choisit ses amoureux ne lui fait pas d'honneur :
c'est un pillier de bastringues.

SCHMITT, cloître Honoré, n° 7, au second, cheveux châtain clair. Elle n'a pas quitté son ancienne habitude de porter des cravattes : on l'a-
vait surnommée *Schmitt aux écrouelles*, c'est à
tort ; c'est par pure coquetterie et pour dimi-
nuer l'effet de la grosseur de ses traits ; son caractère est méchant ; elle a un titre de plus que
Sophie Dumais, car Schmitt se bat à coups de
couteau et de fourchette. Si elle était homme, elle
serait plus à craindre ; sa taille est assez belle,
sa démarche lui est assez avantageuse.

SOPHIE, chez la Sainte-Foix , Palais-Égalité,
n° 148. C'est une brune passable, sa bouche un peu
grande, mais très-bien meublée ; taille de Nymphe et gorge de Vénus, un peu trop faible pour
sa structure. Elle a entrepris l'état depuis douze
ou quinze mois. Elle veut jouer la méchante ,
mais je crois que si elle est à craindre c'est au lit
seulement.

SOPHIE (Dominique), rue Sauveur, maison de
l'ébéniste. C'est une blonde ; ella n'a pour elle
qu'une extrême fraîcheur ; sa taille est svelte ,
sa gorge faible et sa peau blanche.

SOPHIE, cour Guillaume, n° 6, chez Robinet.
C'est une petite femme, mais d'une figure piquante et animée : sa gorge, quoique faible, est

forte et couverte du plus beau satin ; elle est d'un joli petit ensemble.

SOPHIE, hôtel de la Chine, rue Neuve-des-Petits-Champs, brune, grande, efflanquée, nez épaté, figure chiffonnée ; sa bouche est grande avec de très-grosses lèvres écaillées ; quant à sa gorge, elle est passée.

## T

THÉODORE (dite *Fanchonnette Dandin*), cheveux châtain foncé. C'est une des plus belles femmes du Palais-Égalité; sa figure est d'un chiffonné piquant, sa gorge est belle et bien placée, sa peau est blanche, sa démarche est un peu commune, sa cuisse et sa jambe sont bien faites ; elle a un signe sur la fesse gauche ; elle s'avoue un peu capricieuse. Elle demeure au Perron, au n° 93.

TOINETTE, n° 179, Palais-Égalité. C'est une blonde cendrée; si l'amour-propre et la prétention de la beauté pouvaient remplacer les laideurs physiques, Toinette serait on ne peut plus belle : sa figure est maigre, son œil est sans expression, sa gorge est basse mais bien placée, sa démarche est on ne peut plus dure ; elle a son caprice sur les tréteaux du Vaudeville.

THÉRÈSE, au Perron, n° 93, au premier sur le derrière, chéveux châtain clair ; sa figure concave et antique, porte un ton de douceur qui plaît ; sa démarche est gracieuse, et sa gorge est belle.

## V

Victoire, rue Saint-Sauveur, maison du coutelier, chez la Sain , au n° 29, cheveux châtain
foncé, figure caractérisée ; sa taille est assez régulière ; elle est aussi sérieuse que Rose , sa
sœur, est enjouée.

Victoire , cour Guillaume, n° 6, brune ; sa
figure est d'un bel ensemble (à sa bouche près) ;
sa taille est petite, mais bien prise, et sa gorge
est belle.

## Z

Zoé (dite *Laurence*) , n° 6, cheveux châtain
foncé ; elle est aimable et jolie, sa bouche quoiqu'un peu grande , est bien meublée ; sa taille
est svelte, sa démarche gracieuse, sa jambe bien
faite , son caractère gai et heureux ; elle a de
beaux yeux noirs, bien fendus ; elle a une fossette au menton, c'est la niche de l'amour. Sa
demeure est rue des Colonnes-Feydeau, n° 6.

## W

Woirael, au Perron, n° 92. C'est une brune ;
elle est un peu maigre, mais a une bonne tournure ; elle est douce et aimable ; elle peut être
regardée comme une jolie femme; son œil est vif,
sa bouche bien meublée.

FIN

www.ingramcontent.com/pod-product-compliance
Ingram Content Group UK Ltd.
Pitfield, Milton Keynes, MK11 3LW, UK
UKHW020319130726
13696UKWH00003B/1115